中公文庫

闇医者おゑん秘録帖

あさのあつこ

中央公論新社

目次

闇医者おゑん秘録帖

春の夢

一

その家は道の突き当たりに建っていた。

竹の網代垣《あじろがき》で囲われている。

軒に灯籠《とうろう》が吊るしてあった。まだ灯《ひ》は入っていない。その灯籠が菱餅《ひしもち》に似た奇妙な形をしている以外、これといって目を引くところもない、ごく普通のしもた屋だった。

後ろ手は竹林だ。

屋根を遥かに超す竹が薄闇《うすやみ》に融《と》けて、黒い塊《かたまり》になろうとしている。

風の日はさぞやうるさいだろう。

お春《はる》がそんなことをふと思ったのは、生家の裏にも竹林があったからだ。風が少し強く吹くと、ざぁざぁと乾いた音をたてて揺れた。

海鳴りのようだと母が言った。

生家は山間《やまあい》の村のさらに奥まった場所にあって、海とは何十里も隔《へだ》たっていたから、母はいつ海の鳴る音を聞いたのだろうと子ども心に不思議だったことを覚えている。

風が吹けば竹林は、海鳴りを模してざわめく。

故郷の音だ。

いつの間にか忘れていた。

垣の間に形ばかり設けられた枝折戸《しおりど》を押す。一歩、二歩、踏み出す。お春の足はそこで止まった。腰高障子《こしだかしょうじ》の戸はぴたりと閉まっている。内側が仄《ほの》かに明るいのは灯が灯《とも》っているからだろう。

耳を澄ませてみる。

人の気配は僅かも伝わってこなかった。足音も物音も聞こえないのだ。ここまで静かな所だとは思っていなかった。音という音がみな、竹林の風にさらわれたようだ。

どうしよう。

躊躇《ためら》う。足が前に出ない。

ここまで来て、躊躇ってどうするの。

自分を叱る。自分で自分を鞭打《むちう》つのだ。牛馬《ぎゅうば》を打つように。

「うちにご用ですかのう」

不意に声をかけられた。文字どおり飛び上がってしまった。振り向こうとして足がもつれ、危うく尻もちをつきそうになる。

「おや、驚かせてしまいましたかの。ご無礼でした。ほほ」

白髪を達磨返《だるまがえ》しに結った老女が口を窄《すぼ》め、笑う。お春の肩のあたりまでの背丈だった。白っぽい着物に紺の前掛けを締めている。大きな笊《ざる》を抱えていたが、その中には土の付いた大根と葉物が山盛りになっていた。

「横手のところに畑がございましてね」

老女は笑《え》んだまま言った。

「季節季節の野菜などを作っておるのです。今年は大根が殊《こと》の外《ほか》、上手《うも》う作れましてね。ほほ、大根の時季ももう終わりですけどの」

「はぁ……」

どこの国の訛《なまり》だろう。老女の口吻《こうふん》にはお春の知らない柔らかな抑揚があった。

この人だろうか。

「あの……」

「はい」

老女が微笑《ほほえ》む。語調に劣らない柔らかな笑顔だった。

「あの、おゑんさんでいらっしゃいますか」

「いいえ」

「違うんですか」

「違いますの」

老女はそれだけ言うと、お春に背を向けた。障子戸に手をかける。戸は音もなく横に滑り、お春の目に土間《どま》と上がり框《がまち》が映る。どちらにも塵《ちり》一つ落ちていないように見えた。

「お上がりになりますかいの」

老女が首を捻《ひね》り、お春を見やる。

「あ……はい、あの……」

「お上がりになるんでしたらの、一番奥の部屋にお座りになっといてくださいまし。そこで暫《しばら》く待っといてもらうことになりますで。洗い水が盥《たらい》に入っとります。手拭《てぬぐい》は框にございます。お手数ですがご自分で、お手とお足を濯《すす》いでくだされませ」

老女は笊を抱え直すと、足早に遠ざかっていった。小さな後ろ姿が先ほどよりさらに濃くなった闇に紛れ、消えていく。

お春の前に、開け放たれた玄関があった。

ゆっくりと足を踏み入れる。

青い匂いが鼻孔《びこう》に流れ込んできた。

竹の匂いだ。

この家には竹の匂いが満ちている。

土間の隅に小盥が置かれ、水が張ってあった。老女の言うとおりだ。手と足を洗い手拭《ぬぐ》う。寒くはなかった。この数日で、ずい分と春めいてきた。夜気《やき》でさえ暖かく湿っている。

梅はとうに開いた。桜も直《じき》に咲くだろう。春の盛りが巡ってくる。お春が名前をもらった節《せち》だ。

廊下を歩く。廊下は壁と襖《ふすま》に挟まれていた。掛《か》け行灯《あんどん》が灯《とも》っている。柱も廊下も橙色《だいだいいろ》の淡い明かりを受けて艶《つや》めいて見えた。磨き込まれているのだ。お春も女中奉公《じょちゅうぼうこう》の身だからよくわかる。これほどの艶を出そうとすれば、糠袋《ぬかぶくろ》で丹念《たんねん》に磨きあげなければならない。さっきの老女の仕事だろうか。

お春は行灯の下で立ち止まった。

何か聞こえなかっただろうか？

呻《うめ》き声のようなものが……。それとも、風の音か空耳だろうか。

耳をそばだてる。何も聞こえない。軽く息を吐く。

目の前に襖があった。全体に薄く青海波《せいがいは》が描かれている。どきりと心の臓が鼓動を刻む。深川八名川町《ふかがわやながわちょう》の呉服問屋、駒形屋《こまがたや》の離れ座敷にもよく似た襖が設《しつら》えてあった。

その座敷で、二年もの間、聡介《そうすけ》と逢瀬《おうせ》を重ねてきた。

聡介は間もなく、嫁を迎える。

「松江屋《まつえや》の娘との祝言《しゅうげん》、日取りが決まったよ」

聡介がそう切り出したとき、お春はさほど驚かなかった。狼狽《ろうばい》も、取り乱しもしなかった。

「そうですか」

普段よりやや掠《かす》れてしまった声で、短く答えただけだった。

「いつですかとは聞かないのかい」

「聞いても詮《せん》ないことでしょう」

くっくっくっ。

聡介が喉《のど》を震わせ、くぐもった笑声《しょうせい》を漏《も》らす。

「おまえは本当に聞き分けの良い娘《こ》だ。女がみんなおまえのようなら、苦労はないけどね」

聡介の指がお春の乳房を撫《な》で、乳首を玩《もてあそ》ぶ。

「お春……可愛《かわい》いよ」

「若旦那……」

「女房なんて……ただの飾《かざ》り雛《びな》だ。おれが……心底惚《ほ》れているのは、おまえだけだからな。

おまえだけなんだよ。あぁお春、おまえの身体ときたら……おれはもう……」

夜具に包《くる》まり、目を閉じる。男の喘《あえ》ぎと睦言《むつごと》に染められていく。この一時《いっとき》、お春は自分を淫乱《いんらん》な雌だと感じる。男の実《じつ》の無い言葉に容易にほだされる心は、手技に応じてしまう身体はどうしようもなく淫乱ではないか。

真夜中だ。遠くから犬の遠吠《とおぼ》えと按摩《あんま》の笛が聞こえてきた。

聡介の祖父、先代駒形屋聡兵衛《そうべえ》の病室だった離れの一間には、まだ、薬草の臭味が強く残っていて、お春を落ち着かない気分にさせた。聡介との目合《まぐわい》をこの部屋のどこかから聡兵衛が見ているようで、少し怖い。

中風《ちゅうふう》で寝たきりになった聡兵衛を、お春は十六の歳から三年間世話してきた。駒形屋に雇われたのが十五の冬のはじめ、聡兵衛が倒れたのは三月も経《た》たない翌年の松の内だったから、病人の世話のために奉公にあがったようなものだ。

一代で財を築いた者がそうであるように、あるいは、不治の病を背負い込んだ者がそうであるように、聡兵衛は気難しく横柄《おうへい》で、我儘《わがまま》だった。中風の障《さわ》りのために言葉が不鮮明であるにも拘《かか》わらず、お春が解《げ》せないで迷っていると激しく憤り、ときに、こぶしを振り上げたりもした。湯呑《ゆの》みの茶を振りかけられたこともある。突然に前触れもなく癇癪《かんしゃく》を爆発させ、怒鳴り、暴れる。折檻《せっかん》に近い仕打ちを受けたことも度々《たびたび》だった。

後を継ぎ二代目駒形屋聡兵衛に納まった息子も、その女房であるお吉《よし》も、孫になる聡介もめったに離れには近づかない。十日に一度か二度、顔を覗《のぞ》かせればいいほうだった。それもちょろりと、瞬き三回分ほどの短さだ。おざなりとしか言いようがなかった。

思うように動かない我が身に老人は焦《じ》れ、肉親の薄情さに熱《いき》りたつ。焦《あせ》っても熱りたってもどうにもならない。その苛立《いらだ》ちが全てお春にぶつかってきた。十六の娘が受け止めるには激し過ぎる、険し過ぎる情動だった。

もうだめだ。もう我慢できない。

暇《いとま》をもらおう。逃げ出そう。

幾度も思った。荷物を風呂敷包み一つに纏《まと》めたこともある。それでも踏みとどまったのは、駒形屋を飛び出ても帰る場所がなかったからだ。父も母も既に亡《な》い。生家を継いだ兄とは腹違いで、十二もの歳の開きがある。所帯を持ち四人もの子がいる実兄は、口減《くちべ》らしのために妹を奉公に出した。他人よりも遠い人だ。

帰る場所がなければ、踏みとどまるしかない。幼いときから、耐えることは習い性になっている。

だいじょうぶ、だいじょうぶ、だいじょうぶ。

胸次《きょうじ》で自分に言い聞かす。

こんなこと何でもない。十分、耐えられる。覚悟を定め、お春は老人に向かい合った。身体を拭《ふ》き、下《しも》の始末をし、食べ物を口に運ぶ。床擦れ一つ、作らないように心がけた。徐々に弱っていく老人は衰弱と歩を揃《そろ》えるように大人しくなり、静かになる。病が身体だけでなく気力も蝕《むしば》んでいくのだ。最後の半年、老人は人が違ったかのように優しかった。

「お春のおかげだ」「お春がいてくれてよかった、よかった」「お春に向かって手を合わせて拝みたいぐらいだよ」。これがあの厳格で短気な大旦那さまかと戸惑《とまど》うほどの変わりようだった。

報われた気がした。

耐え忍んできた甲斐《かい》があった。心底から思い、長い吐息をついた。間近に迫っているだろう老人との別れを切なくさえ感じた。

その夜も老人の身体を丁寧にくまなく清拭《せいしき》し、下着を取り換え、薬湯を与えた。老人が寝入る前の、いつもどおりの手順だった。

「大旦那さま。これで、ぐっすりお休みになれますよ。痛いところや気持ちの悪いところは、ございませんよね」

「あぁ……お春のおかげで、いい気持ちだ」

「それはようございました。では横になりましょうか。座ったままだとお辛《つろ》うございましょう」

背凭《せもた》れを取ろうとしたお春を老人が止める。

「お春、おまえは本当にわしによくしてくれたな。よく尽くしてくれた。礼を言わねばならん」

「そんな、大旦那さま。もったいのうございます」

「褒美《ほうび》をやろう」

「は？」

「褒美をやるから、もうちょっと、こっちに……」

にじり寄ったお春の膝の上に一両小判が載った。

二

「まっ、大旦那さま、これは」

「だから褒美だよ。おまえにやろうと言うんだ」

「こんな大金……をですか」

「そうとも。おまえにくれてやるなら一両が十両でも惜しくはない。だから、な、お春」

「え？」

手首を摑《つか》まれ、引っ張られた。老人にそんな力が残っているとも、そんな欲が溜まっているとも思っていなかったから、お春は不意をつかれ身体の均衡《きんこう》を崩してしまった。夜具の上に倒れ込む。

「お春、頼むから一度だけ……」

太股《ふともも》の上を指が這《は》う。乾いて硬い指がもぞもぞと動き回る。悲鳴を上げていた。老人を突きとばし、座敷を走り出る。廊下に出たとたん、人とぶつかった。後ろによろめく。

「おいおい、どうしたね、お春。そんなに血相をかえて」

聡介だった。微《かす》かな酒の香りを纏っている。その酔いのせいなのか、珍しく祖父を見舞う気になったらしい。

「若旦那」

「うん？　どうしたんだ、その顔は？　いったい何が」

聡介が途中で口をつぐむ。悟ったのだ。

「祖父《じい》さまに、無体《むたい》を？」

かぶりを振る。涙があふれ出た。熱い滴《したた》りになって零《こぼ》れ落ちる。

「あぁ泣かなくていい、泣かなくていい。そうか、酷《ひど》い目にあったな。可哀《かわい》そうに」

可哀そうに。その一言が胸に染みた。

「若旦那。あたし、あたし……」

泣きながら、全てを告げる。涙と言葉が絡まり合いながらお春の内から流れ出ていく。

そうか、そうかと聡介はうなずいた。

「そうか、そうか。祖父さま、死にかけているくせにまだそんな生臭いことを仕掛けてきたのか。まったく、どうしようもないね。お春、もう泣かなくていいよ。可哀そうにね」

可哀そうに、可哀そうに。聡介が繰り返す。それは呪文のようにお春を楽にしてくれた。閊《つか》えていたもの、伸《の》し掛かっていたもの、絡んでいたもの、全てを取り去ってくれた。

「もう泣かなくていいから」

聡介がそっと肩に手を回す。

若い男の匂いが身の内を満たしていった。

初代駒形屋聡兵衛が息を引き取ったのは、それから三日後の明け方のことだった。

もう二年も昔のことだ。

お春は今年、二十一になった。まだ、駒形屋で働いている。聡介と懇《ねんご》ろになり、薬草の臭いの染み付いた座敷で何度も身体を重ねた。

そして、身籠《みごも》った。

産んではいけない子だ。

この子を産めば、駒形屋にはいられなくなる。それは、乳呑み児を連れて彷徨《さまよ》うことを意味していた。

江戸という町で行き場を失った女がどうなるか、よくわかっている。場末の女郎に身を落とすならまだしも、赤子を連れて大川《おおかわ》に飛び込むしかなくなる。そんな悲惨なところまで追いつめられてしまうのだ。

それだけは嫌だ。

もしかしたらと考えたこともある。

もしかしたら若旦那は産めと言ってくれるかもしれない。お嫁さんになれるなんて、儚《はかな》い夢は見ない。そんな大それた望みは抱かない。だけど、どこかに小さなしもた屋でも買ってくれて、住まわせてはくれないだろうか。あたしと赤ん坊とがひっそりと生きていく暮らしを支えてはくれないだろうか。囲われ者でいい。それ以上は何も願わない。日の差さない場所で生きていく術《すべ》は心得ている。

「子ども？」

聡介は眉間《みけん》に皺《しわ》を刻んで、お春を見た。

「おいおい、ここに来て冗談は止めてくれよ」

そう言って、ぱたぱたと手を振った。蠅《はえ》を追い払うような仕草だった。

冗談？

お春は思わず聡介の顔を見詰めてしまった。

冗談を口にした覚えなどない。まるで、ない。

「若旦那、あたしは……」

「お春、おれは間もなく嫁取りをする。相手は松江屋の娘だ。松江屋の所帯はうちの倍はゆうにある。おまえだってあの大店《おおだな》の名前ぐらいは知ってるだろう」

「ええ……」

「そんな大店と縁続きになれるなんて、おれにとっても駒形屋にとっても願ってもない話なんだ。松江屋が後ろ盾になってくれれば、これからいくらでも商売の道を広げていける。おれは絶対に、おことと祝言をあげなきゃならないんだよ。何があってもな」

おこと。それが松江屋の娘の名前だろうか。

お気の毒に。

ふっとそんな思いが脳裡《のうり》を過ぎていく。

おことという娘を憐《あわ》れに感じたのだ。聡介の口吻からは、大店松江屋との縁結びに興奮する響きは感じられても、嫁に迎える娘への慈しみは微塵《みじん》も匂ってこない。聡介にとって、この縁談は伸し上がるための手立て、娘は道具に過ぎないのだ。

こんな男に嫁ぎ、添い遂げなければならない女は憐れではないか。それとも、女は何もかも承知の上で花嫁衣装に身を包むのだろうか。

「お春」

聡介の手が肩を掴んだ。

「おれの話を聞いているのか」

「……聞いています」

「ちゃんと聞け。いいか、今度の祝言にはおれと駒形屋の命運がかかってるんだ。女中風《ふ》情《ぜい》が妙な気を起こすんじゃないぞ」

「妙な気？」

「おれを脅して金子《きんす》を巻き上げようとか、あわよくば駒形屋の内儀《ないぎ》に納まろうとか、そんな馬鹿げたことを考えちゃいないだろうな」

「まさか」

お春は身を縮めた。

「そんなこと、考えたこともありません。ただ、あたしは身籠ったこと、若旦那にお伝えしたくて……それだけです」

聡介が大きく息を吸い、吐き出した。安堵《あんど》したのか、表情が緩む。口調も急に柔らかなものになった。

「お春、おまえ、いつだったかもう実家《さと》には帰れないって言ってたねえ。駒形屋より他には行き場がないって」

「はい……」

「おれが所帯を持ったって、駒形屋にいたいんだろう。出て行く当てはないんだろう」

「はい」

「だったら、腹の子を産もうなんて考えるな」

ひやりと冷たい声音だった。研ぎ澄まされた刃物のようだ。

「いいな、腹が目立たないうちに堕《お》ろすんだ」

「若旦那……」

「お春、おまえは聞き分けの良い女じゃないか。今、子どもなんか産めるわけがないって、よくわかってるだろう。そんなことをしたら、おれは破談の憂き目にあうし、おまえは駒形屋にはいられなくなる。松江屋はかんかんに怒って駒形屋とおれを目の敵にするかもしれない。あんな大店に睨《にら》まれたら駒形屋なんて一巻の終わりだ。な、得をするやつなんて

「一人もいないだろう」

　いいな、と聡介がまた、肩を摑んでくる。

　俯《うつむ》いて、わかりましたと答えた。そう答えるしか途《みち》はなかった。


　そして、今、ここにいる。

　青海波の襖の前に立っている。

　気息《きそく》を整え、お春は襖に手をかけた。音もなく滑らかに、戸が開く。そこは、八畳ほどの部屋だった。やはり、隅々まで掃除が行き届いている。ただし、何もない。部屋の隅に無双簞笥《むそうだんす》があり、床の間の近くで行灯が灯っているだけだ。

　こざっぱりとした何もない部屋に、お春はそろりと足を踏み入れる。微かにお香が匂った。あまり甘くない、清々とした香りだ。

　どこに座ったらいいんだろう。

　戸惑いながら、簞笥の前あたりに腰を下ろした。息を吸い込む度に、お香の匂いが身体の内に流れ込んでくる。流れ込んでくる度に、身体の凝《こ》りがほぐれていくような気がした。いや、身体だけではない。凝り固まっていた心のどこかがゆるゆると解けていく。

　お春は簞笥にもたれ、目を閉じた。

なんて心地よい香りだろうか。

竹林を過ぎていく風の音が聞こえる。

それも心地よい。

ざぁざぁざぁ、ざぁざぁざぁ。

ざぁざぁざぁ、ざぁざぁざぁ。

身体も心も風音と芳香の底に沈んでいく。

ざぁざぁざぁ、ざぁざぁざぁ。

ざぁざぁざぁ、ざぁざぁざぁ。

身体が心が、解け蕩《とろ》けていく。

お春、お春。

名前を呼ばれた。母の声だ。とても懐かしいのに、半ば忘れかけていた声だ。

お春、お春、帰っておいで。

おっかさん。

母が笑いながら手招きしていた。

お春はまだ肩上げもとれない童《わらべ》の姿だ。赤い兵児帯《へこおび》を締めて、赤い鼻緒の草履《ぞうり》を履いた小さな女の子。

おっかさん。

お春、まんまだよ。おまえの好きな豆腐のおつけだからね。帰っておいで。帰っておいで。

あぁ帰ってもいいんだ。あたしには帰る家があったんだ。ちゃんと、あったんだ。

母に駆け寄ろうとした。両手を広げ飛びつこうとした。そのとたん、母の姿が掻《か》き消える。消えてしまう。

嫌だ、嫌だ。消えないで。

「おっかさん！」

目が覚めた。

一瞬、自分がどこにいるのかわからなくなる。お春は身を起こし、まだどこかぼんやりとした視線を彷徨《さまよ》わせた。そのときになってやっと、自分が畳の上にうつ伏せになって眠っていたこと、身体に夜具が掛けられていたことに気が付いた。夜具は薄手の掻巻《かいまき》でやはり良い香りがした。

あの老女が掛けてくれたのだろうか？

掻巻をそっと胸に引き寄せたとき、襖がカタンと音をたてた。

「入りますよ」

掠れた低い声が襖の向こうから聞こえた。お春は居住まいを正し、息を詰める。

襖が開いた。

「おや、お目覚めでしたか」

背の高い女が入ってくる。お春より頭一つ分は高いだろうか。髷《まげ》は結っていなかった。背中の後ろで一つに束ねているだけだ。

「よくお休みでしたね」

女が僅かに笑んだ。口元に黒子《ほくろ》がある。その黒子が女に仄かな色香を与えていた。切れ長の美しい目をしている。

「あの……夜具を掛けてくださったのは、あの……」

「ええ、あたしですよ。ずい分と疲れてるようだったから、暫く眠ってた方がいいと思いましてね」

「暫く……あたし、暫く眠ってたんですか」

「ほんの四半刻《しはんとき》ばかりでしょ」

「四半刻、そんなに」

「眠り過ぎましたか」

「あ、いえ……」

聡介を通じて駒形屋からは、まる二日の暇をもらっている。慌てることはない。しかし、見知らぬ座敷でことりと眠りに落ち、四半刻も寝入ってしまったことに、驚いてしまう。

確かに疲れていたのだろう。

「あの……」

「なんです」

「おゑんさんでいらっしゃいますか」

女がすっと目を細めた。

三

女の細められた目の中で光が凝縮する。お春は思わず身を引いていた。

光に射抜かれるような気がしたのだ。

「ええ」

女がゆっくりとうなずいた。

「ゑんですけれど」

ふっ。

小さな吐息がお春の口から漏れた。それで、自分がひどく気を張り詰めていたと気が付いた。やっと気が付いたのだ。

今日だけではない。駒形屋に奉公にあがってから、いや、父母に死に別れ兄に見捨てられたときから、ずっとずっと気を張り詰めて生きてきた。

ずっと……。

何だか、疲れてしまった。できるならもう一度、眠りたい。とろとろと蕩けるように眠れたら、どんなに幸せだろう。

「あたしに何のご用ですか……とお聞きしたいけれど、ここに来られたのなら、用件はただ一つですね」

女の、おゑんの声はさらに低く、さらに掠れてくる。けれど、濁ってはいない。だからなのか、はっきりと耳に届いてくる。

「ええ、そうです。ただ一つです。ここに宿っている子を」

お春は自分の腹に手を置いた。

「堕ろしてもらいたいんです」

産むことが叶《かな》わぬ子なら、葬《ほうむ》るしかない。仕方ないことだ。

故郷の村でもそうだった。貧しい百姓の家では赤子は厄介者でしかない。生まれてすぐに間引きされた子も、生まれる前に始末された子も大勢いる。その子らはみな、村はずれの墓地ではなく、山裾《やますそ》の荒れ地に埋められた。山は天に通じている。この世に縁のなかった魂は山の土となり、山そのものとなり、やがて天へと昇る。

村の大人たちはそう言っていた。天に昇った魂は神とも仏ともなって、生まれ育つはずだった村の地を守ってくれるのだとも言っていた。

嘘《うそ》だ。

嘘に決まっている。

生きることさえ赦《ゆる》されなかった魂がどうして守り神などになるものか。むしろ、怨《うら》みから悪鬼《あっき》となってたたるのではないか。

幼いお春がそう言い返したとたん、母に頬《ほお》を打たれた。二度も三度も打たれた。

「何と厭《いや》らしい口じゃ。何と捻《ひね》くれた性根じゃ。大人の言うことを素直に聞けぬ子なら、おまえも山に埋めてしまうぞ」

普段は優しく穏やかな母が怒りに震え、眦《まなじり》を決してこぶしを振り上げる。それこそ、悪鬼の形相だった。

「ごめんなさい。ごめんなさい。おっかさん、ごめんなさい」

泣きながら詫《わ》びた。お春を打ちすえながら、母も泣いていた。

母が何度も子を堕ろし、その無理がたたって早くに亡くなったのだと知ったのは、ずっと後になってからだ。母の姉、お春の伯母《おば》にあたる女人《にょにん》が教えてくれた。その伯母は美貌を見初められて大百姓の家に嫁いだが、子を孕《はら》むことがなく石女《うまずめ》と誹《そし》られ追い出され、自ら命を絶った。

女はいつも苦を背負う。

子を孕んでも孕めなくても、産んでも産めなくても背に苦を負うて生きねばならない。

もう、嫌だ。

深い疲労感の中でお春は呟《つぶや》く。

もう女は嫌だ。もしも、この世に生まれ変わりというものがあるのなら、今度こそ男に生まれたい。いや、男にも女にも生まれ変わりたくない。

できるなら、一本の樹になりたい。地に根を張って枝を広げ、小さな実をつける。冬には葉を落とし、春には芽吹く。そんな樹となって、静かに生きていきたい。

おゑんが僅かに身じろぎした。

「お名前は」

「え？」

「あなたのお名前ですよ。名無しが相手じゃ話がしづらいじゃありませんか」

低い掠れ声。でも、心地よい声だ。

お春は閉じかけた目を開け、居住まいを正した。指を前につき、頭を垂れる。

「申し訳ありません。名も告げず、とんだご無礼を致しました。お許しください」

くすっ。

垂れた頭の上に、微かな笑声が降ってくる。

え？　あたし、今、嗤《わら》われた？

「ごめんなさいよ。つい、おかしくて」

「おかしい？　何がですか？」

おゑんが膝を崩した。後ろの壁に寄りかかる。それだけで、肩から腰にかけて緩やかな線が現れた。ふっと人を惹《ひ》きつける色香が漂う。

「いえね、あなたがあまりに謝り上手だから」

「謝り上手？」

「申し訳ありません。ご無礼を致しました。お許しください。ほら、これだけでもう三本になります」

おゑんが指折った手をかかげる。

「そうやって、ずっと謝ってきたんでしょうね。自分が悪くても悪くなくても、他人に頭を下げて謝ってきた。違います？」

お春は息を詰め、目の前の女を見る。

どうだろう？

謝って謝って謝って、あたしはそうして生きてきたのだろうか？

そうやって生きてきたじゃないか。

お春がお春に答える。

あんたはずっと、謝って謝って謝って生きてきたじゃないか。どんなに理不尽な叱られ方をしても、無理を押し付けられても、謝ってきたじゃないか。

申し訳ありません。ご無礼を致しました。お許しください。

「しょうがないんです。あたしみたいな女は謝って、縮こまっていなけりゃ生きていけないんですから」

そう告げた自分の声がひどくしゃがれているようで、お春は喉を押さえた。まるで、老婆のようだ。慌てて頬に触る。滑々《すべすべ》とした若い肌の感触がした。

「まるで、世捨て人の老人みたいな物言いですねえ」

おゑんが身を起こす。背筋を伸ばす。首が長い。頭をもたげた鶴を連想してしまう。

「それで、お名前は」

「え？　あ……はい」

すみませんと詫び言葉がまた口をつきそうになった。唾《つば》とともに飲み下す。

「春と申します」

「お春さんですね。では、お春さん。どなたから、あたしのことを聞かれました」

「それは……知り合いから……」

聡介から聞いた。

「お春、子を堕ろすならいい闇医者がいるぞ。何でも女の医者らしい」と。

あれは数日前、お春が納戸で器の片づけをしていたときだった。聡介が音もなく入ってきた。驚いて声を上げそうになったお春を後ろから抱きすくめ、耳元で囁《ささや》いたのだ。

「闇医者？」

聞き慣れない呼び名だ。

「ああ、その医者にかかれば腹の子をきれいに始末してくれて、しかも、母親の身体にはほとんど障りがないそうだ。おゐんという名だそうだ。闇医者おゐん。まぁ本名じゃないだろうけどね。名前なんざ、どうでもいい。何の拘わりもないことさ。大切なのは腕だからね。大事なおまえに万が一のことがないように、腕のいい医者にやってもらわないと」

聡介の息が耳朶《じだ》にかかる。生温かい。少し気持ちが悪かった。身震いする。その震えをどうとったのか、聡介の腕に力が加わった。

「お春、おれが惚れているのは、本当におまえだけなんだよ。本当だからな。おまえにはすまないと思っている。辛い目にあわせて、すまないと……」

聡介の声が潤んでくる。

「可哀そうにな、お春。けど、おれだって辛いんだ。できるなら、おまえとおまえの子どもとおれと三人で暮らしたいんだよ。けど、仕方ないんだ。駒形屋のためなんだ。わかってくれるだろう、お春」

実のない言葉の何と空々しいことか。蜉蝣《かげろう》の脱《ぬ》け殻《がら》よりもまだ軽い。そよ風にさえふわふわと漂って、彼方《かなた》に消えていく。

「わかってます」

お春は指を強く握り込む。

「よく、わかってますよ、若旦那。何度もそう言ってるじゃないですか」

「そうか。やはりおまえは聞き分けの良い女だな。可愛いよ、お春」

聡介の口吻が明らかに柔らかくなる。安堵したのだ。お春が嫁取りの禍根《かこん》にならないことを確かめて、胸を撫で下ろしたのだ。

「お春……」

聡介の唇が首筋を吸う。舌がゆっくりと這う。首から耳朶に、そして耳孔《じこう》に、ぬめぬめと入ってくる。指が着物を割って、太股をまさぐる。

女とは不思議なものだ。心がどれほど冷えても身体は火照《ほて》る。熱を持ち、脈打つ。

「おまえの肌、おまえの匂い……全部、おれのものだからな……」

舌が這う。指がまさぐる。言葉が漂う。

お春は身を捩《よじ》った。

聡介の手から逃れる。

せめてもの抗《あらが》いだった。お春のささやかな矜持《きょうじ》だった。

あたしは木偶《でく》じゃない。心があるんだ。いつでも好きなように抱けるだなんて、見くびらないで欲しい。

「おい、お春」

「どこですか?」

「うん?」

「その闇医者にかかるためには、どこに行けばいいんですか」

「あ、うん、それは……」

聡介は懐から紙包みを取り出した。お春に押し付ける。不意にぞんざいになった口調で、早口にしゃべる。

「金と地図が入っている。かなりの金子だが仕方ない。それがその医者の相場だそうだからな。いや、おれの飲み仲間がやはり女を孕ませたことがあってな。その医者に世話になったそうだ。腕は折り紙付きだとよ。ふふ、そいつの相手の女ってのが他人の女房でな」

聡介が口を閉じる。おそらく一番番頭の正太郎《しょうたろう》だろう濁声《だみごえ》が響いてきたのだ。

「若旦那、若旦那、どこです」

「やれやれ、忙《せわ》しいことだな。まったく」

聡介はもうお春に目をくれようとはしなかった。一瞥《いちべつ》もせぬまま、納戸を出て行く。男の残り香と舞いあがった埃《ほこり》の中に、お春は一人、佇《たたず》んでいた。


帯の間から聡介に渡された紙包みを取り出す。三両入っていた。

「どうか、お願い致します。この腹の子を産むわけには、いかないんです」

おゑんは包みに指先も触れなかった。背筋を伸ばし、真《ま》っ直《す》ぐにお春を見ている。

「それは、お春さんが勝手に思い込んでいるだけじゃないのかしらね。いえ、思い込まされているだけかもしれないねえ」

おゑんの呟きに、お春は目を瞠《みは》った。

四

「思い込まされている？」

おゑんの一言を反芻《はんすう》する。

思い込まされている？

どういうことだろう？

「お春さん」

おゑんが僅かに屈《かが》み込む。つられてお春も身を乗り出した。

「あなた、自分で考えたんですか」

「は？」

「子どもを宿したとわかったとき、これからどうするか、どうしたらいいか、自分のお頭《つむ》で考えたのかと、お聞きしたんですよ」

答えられない。

お春はおゑんの視線を受け止めたまま、息を詰めていた。苦しくて、その息を吐き出す。

「……考えたって、どうしようもないもの」

吐息の続きのようなか細い声で、答える。

「堕ろすより他に手立てはないでしょう。他にどんな途があると言うんです。あたし、この子を産んじゃいけないんです。この子は生まれてきちゃあいけないんです。百日、千日考えたって、同じです。どうしようもないじゃありませんか」

そうだ。あたしには、選ぶ途など端《はな》からなかった。

「どうしようもない、ねえ」

おゑんが微かに笑む。

「使い勝手のいい言葉ですよね。そう言ってしまえば、あれこれ考えずに済む」

「それは……」

からかわれているのだろうか。

お春は身を起こし、膝に手を置いた。

この人は、あたしをからかい、なぶっているのだろうか。

おゑんを見据える。

眼差《まなざ》しには僅かの嘲弄《ちょうろう》も侮蔑《ぶべつ》も含まれていない。憐憫《れんびん》も労《いたわ》りもなかった。強い光だけがあった。その光のせいでおゑんの双眸《そうぼう》は、薄い闇の中にくっきりと浮かび上がっている。

こんな眼をした者に、初めて出逢った気がした。

「お春さん、耳を澄ませてごらんなさい」

「耳を……」

「ええ、聞こえませんか」

お春はおゑんから視線を外し、耳に手を当てた。

聞こえる？　何が？

何も聞こえない……いや、聞こえる。

微かに、微かに。

人の呻きだ。

廊下で耳にした微かな呻き声だ。あのときは空耳かとも思ったが、今は、確かに届いてくる。幻ではない。現《うつつ》の声だ。

誰かがこの家のどこかで、低く呻いている。

地の底から湧いてくるような呻きに肌が粟立《あわだ》つ。お春は身震いし、辺りを見回した。

「怖かありませんよ。鬼でも蛇でもない。人の声なんだから」

「誰が……どなたが呻いているんですか」

「女ですよ。あなたと同じ、身籠った子を堕ろしに来た女《ひと》です。半刻ほど前に施術が終わったところです」

お春は唾を飲み下そうとした。けれど、口の中は渇き切って、舌が動く度に痛むほどだ。

女が呻いている。

「子は腹の中にいる。その子を始末するということは身体の内にあるものを掻き出すってことなんですよ。子を産むのと同じくらい、命懸けになる。いえ、月満ちて生まれてきた赤子なら、天が助力してくれる。母親も子も無事でつつがなくいられる割は高いんです。ところが、子を堕ろすとなると無理やりのこと、天の理《ことわり》を外れることになる。どうしても剣呑《けんのん》な公算が大きくはなりますよ。命をかけるはめになる。死なないまでも……施術が上手くいったとしても、苦しみます」

竹を揺する風音がする。その音に紛れ、呻きはどこかに消えていった。いや、消えてはいない。お春の耳に捉《とら》えられなくなっただけだ。女はまだ呻いている。

「死んだ方がましかもしれないと思うほど、苦しまなければならなくなる。身体だけじゃない。ここだって」

おゑんの長い指が自分の胸を押さえた。

「胸の内だって苦しい。身体は癒《い》えても、心の傷が癒えなくて生涯苦しみ続ける者だっているんだ。そしてね、お春さん、言わずもがなですが、苦しむのは女だけ。女の腹から子を掻き出しても男には何の痛みもないんですから」

聡介の顔が浮かぶ。

いまごろ、何をしているだろう。

商いに精を出しているのか、許婚《いいなずけ》の娘と婚礼の話でもしているのか。お春の知らない女と睦みあっているのか。

どちらにしても、お春のことなど念頭にはあるまい。聡介にとってお春は、都合のいい女、自分の好き勝手に抱くことも忘れ去ることもできる女に過ぎないのだ。女郎を買うより余程安上がりだと考えているのかもしれない。お春の苦しみ、お春の哀しみ、お春の憤り、お春の諦《あきら》め……何一つ、心を馳せようとはしないだろう。

また、呻き声が聞こえた。今度はすぐに途切れ、静寂《しじま》が広がる。

「考えなさいな」

おゑんが言う。静寂が僅かに揺れた。

「お腹、まったく目立たないじゃないですか。月のものは、乱れなくある方ですか」

「はい」

「いつ頃？」

「だいたい月半ばです。でも、もう一月以上、遅れています」

「月半ばね。うん、まだ、考える余裕はある。十分にありますよ。考えて、考えて、それでもどうしようもないと思ったのなら、もう一度お出《い》でなさいな。覚悟を決めて、ね」

考えて考えて考えて、どうにかなるだろうか。お春は俯き、指先を見詰めた。水仕事で指先は荒れ、爪《つめ》は割れている。

みっともない手だ。

働きに働き続けた指だ。

聡介の許《もと》に嫁いでくる娘は、美しい白い指をしているにちがいない。皹《ひび》とも皸《あかぎれ》とも無縁の手をしているのだ。その指を聡介は褒《ほ》めそやし、閨《ねや》の中で口に含んだりするのかもしれない。

「よろしければ経緯《いきさつ》を、聞かせてもらいましょうか」

おゑんの目がお春の手に注がれる。

「経緯、ですか」

「ええ」

「話さないと治療をしていただけないんでしょうか」

「いいえ。お春さんが嫌なら無理に聞いたりはしませんよ。無理強いは嫌いなんです。無理やり聞き出したって、本当のことなんてわかりゃしませんからね。ただ……気持ちが悪いんですよ。気分が落ち着かないって言った方がいいかもしれないけど」

おゑんがすっと手櫛《てぐし》で髪を梳《す》いた。それだけのことなのに黒髪に光が走る。艶があるのだ。見惚《みほ》れてしまうほどの艶だった。

特別な油でも使っているんだろうか。

ほんの束の間、そんなことを思った。

「あたしの所に来る女《ひと》は、みんな何かを背負っています。すんなりと産めない子を身籠ってある者は途方にくれ、ある者は嘆き、ある者は怯《おび》えながら来るんですよ。どの女も不幸せだけれど、同じ不幸せじゃない。それぞれがそれぞれの不幸せに塗《まみ》れてるんです。その女がどんな不幸せに塗れているか……あたしは、それを知りたいんですよ。知れば……」

おゑんが口ごもる。黒眸《くろめ》が横に動き、眼差しが揺蕩《たゆた》う。

「闇に葬られた子のことを覚えておいてやれるでしょう。女の無念や浅はかさや狡《ずる》さ、苦しみや悲しみを胸に留めておけるでしょう」

お春は顔を上げた。

「それじゃあ、おゑんさんはあたしのことを覚えていてくれるんですか」

「ええ。忘れないと思いますよ。男にとって女の股《また》は同じかもしれないけれど、あたしにとっては一人一人、まるで違うんです。お春さん、女の股の間はね、女の心と結びついているんですよ。子を産むにしても闇に流すにしても、女はそこから血を流さなきゃならない。あたしはその血を忘れないんですよ」

お春は固く指を握り込んだ。

子を堕ろすのは命懸けだ。腹の子を殺した償いのように、女は命を危うくする。もし、あたしがここで死んでも気に留める者などいない。

「お春？　あぁ、そういう娘がいたね。可哀そうに死んじまったよ」

それで終わりだろう。半年経ち、一年経ち、二年経ち、あたしのことなど誰もが忘れてしまうだろう。でも、でも……この人は、おゑんさんはあたしを一生、覚えておいてくれるのだろうか。命日に花を手向《たむ》けたりしてくれるのだろうか。

「おゑんさん、あたしは」

口が動いた。舌が動いた。唾が湧いてきた。

お春はしゃべった。

ぼそりぼそりとつっかえながら話し続けた。

わかり易《やす》く纏めて話すことなどできない。生い立ちから始まり、母のこと、駒形屋に奉公にあがり、聡介と理無《わりな》い仲になったこと、聡介に大店から嫁が来ること、おゑんの許に行くよう命じたのは聡介自身であること……全て話した。たどたどしくはあるけれど嘘は一つもなかった。

おゑんは一度も口を挟まなかった。相槌《あいづち》を打つことさえしなかった。身じろぎもしなかった。置物のように静かに座り、お春の話を聞いていた。

しゃべりたかったのだ。

こんな風に、聞いてもらいたかったのだ。

話し終えて気が付いた。

誰かにあたしのことを知って欲しかった。

しゃべり続ける。

「あたし独りぼっちだから、あたしが死んでも気にかけてくれる人なんかいないから……しかたないって、そう生まれ付いたんだからしかたないって思ってきました。でも、ほんとは淋しかったんですね。淋しくてたまらなかった。若旦那に抱かれているときだけ、もしかしたらあたしは独りじゃないのかもって思えたんです。それが嘘っぱちだってわかっていたくせに、わからない振りをして……わからない振りをして……」

こぶしをさらに強く握る。爪の先が手のひらに食い込んできた。

「独りじゃないでしょう」

おゑんが顎《あご》を上げる。

「お春さんのお腹には赤子が宿っています。その子が生まれれば、お春さんは血の繫《つな》がった娘か息子を持つことになる。独りじゃなくなりますよ」

息を飲む。

娘か息子を持つ。あたしが母親になる。

「身籠るとはそういうことですよ。男の側からばかり世の中を見ているとね、男に都合の悪い子は葬らなきゃならなくなる。でも、女の側に立つと、自分に繫がる命を生み育てる折を得たってことになりますからね」

おゑんが立ち上がる。音もなく歩き、簞笥の引き出しを開ける。

「お春さん、これを」

和綴《わと》じの帖がお春の前に置かれた。

五

表には何も書かれていない帖を手にとっていいものかどうか、お春は迷う。そういうときの癖で、指を固く握り込んでしまう。

昔からそうだった。

手のひらに三日月に似た爪跡が残るほど強く、握り込んでしまう。

「どうぞ」

と、おゑんが帖をお春の膝先まで押しだした。揃えられた指がきれいだ。長くてすらりと伸びている。お春のように荒れても節くれだってもいない。かといって、働くことを一寸《ちょっと》も知らない指ともまた違う。

髪といい指の動きといい、どうしてあたしはこの人に、こんなにも心惹かれるのだろう。

「ご覧になってくださいな」

「え？」

「帖。どうぞ、ご覧になってください」

「よろしいのですか」

「ええ、構いません」

おゑんが行灯に手を伸ばした。灯心《とうしん》を切る音がして、座敷が明るくなる。墨の文字が十分に読み取れる明るさだ。字はそこそこ読める。近くの寺の住職に習った。当時でさえ金堂の屋根は傾きあちこち雨もりするような貧乏寺だったから、今はもう廃寺となり崩れ落ちているかもしれない。

帖をそっと開いてみる。

赤子　男児　七百六十匁《もんめ》　壱尺五寸
　色黒　壮健
赤子　男児　八百七十匁　壱尺七寸
　壮健
赤子　女児　六百六十匁　壱尺三寸
　色白　臀部《でんぶ》に蝶《ちょう》に似た痣《あざ》
赤子　女児　六百八十匁　壱尺五寸
　色白　名　おす江

同じような書き込みが、ずっと続いている。

「これは……」

帖から顔を上げる。おゑんと目が合った。黒眸の中で行灯の光が揺れ、瞬いていた。

「みんな、ここで生まれた赤ん坊ですよ」

「ここで」

もう一度、帖に目を落とす。

赤子　男児　六百六十匁　壱尺二寸
　色白　月足らず　病無し
赤子　女児　六百七十匁　壱尺四寸
　やや浅黒　壮健
　食指《ひとさしゆび》爪中に双子黒子《ほくろ》、背面に小痣あり

ここは闇医者の家ではなかったのか。産んではいけない子、生まれてきてはいけない子を闇に葬ってしまう、そういう場所ではなかったのか。

だから、あたしはここに来た。それなのに、生まれた子だって？

どういう意味なのか、お春には見当がつかなかった。ただ、帖から目が離せない。整った女文字で記された赤子たち。重さと身の丈と簡単な特徴だけの赤子たち。でも、この子たちは生まれてきたのだ。生まれてきて、確かに生きているのだ。誰にも知られず闇に葬られたのではなく、昼間の光の下で泣いたり笑ったり、立ったり歩いたりしているのだ。

「生まれたって……」

指の先が震える。

帖が震える。

「もう一冊、あります」

いつの間にか、おゑんの手に同じような帖が握られていた。

「こちらはちょっとお見せするわけにはいきません。里親の名前が連ねてありますので」

「里親？」

「ええ、赤ん坊を欲しがっているご夫婦の名と所書きですよ」

「赤ん坊を欲しがっている？」

おゑんの言葉の一部をただ繰り返すだけの自分を間抜けにも馬鹿にも感じてしまうけれど、お春にはそれしかできなかった。

動悸《どうき》がする。

頭の中が白くぼやける。

ここは謎《なぞ》だらけだ。あたしのお頭《つむ》じゃ何一つ、解せない。

解せないことは不安だ。目隠しして見知らぬ道を引《ひ》き摺《ず》られて行くように、不安で危うい。駒形屋に奉公が決まったときもそうだった。兄が勝手に決めて来た奉公先、そこで何が待っているのか、自分の将来がどうなるのか、十五だったお春には皆目、見当がつかなかった。不安で、怖くて、胸が潰れそうだった。手付の金は全て兄が自分の物にした。一両二分というその金欲しさに、兄は妹を売ったのだ。

そういう諸々《もろもろ》をお春が知ったのは、奉公にあがって一年も経ったころだった。

解せないことは怖い。

知らないことは恐ろしい。

けれど今、お春は少しも怖さを感じない。動悸も白くかすむ頭も不快ではなかった。むしろ、心地よく心が弾む。とすれば、これは動悸ではなく胸の高鳴りかもしれない。

どっく、どっく。

どっく、どっく。

おゑんさん。この謎めいた人は、次に何を伝えてくれるのかしら。

「赤子が欲しいというのは、我が子として育てたいと、そういう意味ですよ」

おゑんは手を伸ばし、お春の膝から帖を取り上げた。二冊の帖をぴたりと重ねて、自分の脇に置く。

「赤子を産んでも育てられない女がいる。赤子を育てたいと望んでいる夫婦がいる。この人たちが出会いさえすれば、みすみす、子を流すことはないでしょう」

「生まれてきた子を我が子として引き取ろうという人たちがいるって、他人の子を育てようっていうご夫婦がいるって……そういうことですか」

「ええ、そういうことです。けど、それだけじゃなくて……」

おゑんの美しい指が、帖の表をそっと撫でる。

「ねえ、お春さん。女は強いものですよ。一度、子どもを抱えて生きようって腹を決めたら、地べたを這いずっても生きていける。そういうものです」

お春は目を見開いたまま、おゑんの脇の帖を見やる。

「生まれてくるために、子どもは女の腹に宿るんですよ。流すのは最後の手立て。その手立てを選ぶ前に、やれることがあるのかないのか、考えてみませんか」

「おゑんさん……」

「お春さんのように、はなから産むことはできない、流さねばならないんだって思い込んじまったら、途は閉ざされちまいますよ」

灯が揺れる。

おゑんの黒眸が揺れる。

「お春さん、女の前にはね、存外多くの途が延びているもんなんですよ。それに気が付かないまま閉ざしてしまうの、ちっと惜しくはないですかねえ」

女の前には、存外多くの途が延びている。

そんな風に考えたことは、一度もなかった。自分の前にはいつだって、細い岨道《そばみち》がただ一本、くねくねと曲がっているだけだと思っていた。

女の前には、存外多くの途が延びている。

ほんとだろうか、ほんとだろうか。信じてもいいだろうか。

「あっ」

お春は小さく叫び、腹を押さえた。

動いた。今、この中で微かに動いた。まだ、僅かも膨らんでいない腹だ。赤子が動くわけがない。理屈はそうだ。でも、確かに感じた。確かに動いた。確かに生きている。

目の縁が熱くなる。

「おゑんさん」

「はい」

「あたしも産めますか。あたし、この子を産んでもいいんですか」

おゑんがかぶりを振る。

「あたしが決めることじゃない。お春さん、あなたが決めることでしょう」

声が張り詰め、冷ややかな響きを含む。

「あたしは、こういう生業《なりわい》をしている。闇に流せというのなら流しても差し上げる。産んで生かしたいと望むなら、望むように尽力もする。あたしがやることはそれだけですよ。

あたしには決めることはできない。こうしろと命じることもできない。決めるのは、お春さんなんです」

お春は身体を起こし、もう一度、腹を押さえた。もう何も伝わらない。お春の腹は凪《な》いで、とても静かだった。

産みたい。

想いが迫《せ》り上がってくる。それがあまりに激しく唐突だったものだから、お春は思わず呻いてしまった。小さな、息が漏れる音よりずっと小さな呻きだった。

産みたい。育てたい。母になりたい。この子を殺したくない。

あぁそうだ。あたしは、この子を殺したくないんだ。殺したくなかったんだ。せっかく、あたしの内に宿ってくれた命をむざむざ殺したりしたくなかったんだ。

「……産みます」

そう口にしたとたん、涙があふれた。驚くほど熱い。熱湯のような涙が頬の上を滑り、顎を伝い、滴り落ちて行く。

「おゑんさん、あたし、この子を産みます」

「楽じゃないですよ」

おゑんが居住まいを正し、お春に向かい合う。

「赤子を闇に流すのは女にとっては地獄。けれど、お春さんのような立場で子を産もうとするのも、決して楽なことではない」

「わかっています」

「覚悟はできていると？」

覚悟、あたしに覚悟なんてあるだろうか。今まで男の意のままに流されてきたあたしに、男に逆らう覚悟があるだろうか。

「はい」

顔を上げ、お春は答えた。

「この子を産みます。産みたいのです」

おゑんがうなずいた。ゆっくりと深く。

「お手伝いいたしましょう」

その一言がお春の耳に届き、身体に静かに染みてくる。

あぁ、あたしは独りではないのだ。手を差し伸べ、背中を支えてくれる人がいるのだ。

「月に一度、ここにいらっしゃい。赤子の様子を診《み》て差し上げます。もう少し経って、お腹が目立ち始めたら、揃えなければならないものをお教えしますよ」

「揃えるものって、襁褓《むつき》とか産着《うぶぎ》とかですか」

「ええ。お腹に巻く晒《さら》しも必要です」

「あの……奉公先で子は産めません。あたし、ここに来てもいいんでしょうか」

「もちろんですよ。お春さんが床離れして、元通り働けるようになるまでお世話はします。新しい奉公先も探しましょう。ですから、何の憂いもなく、子をお産みなさいな」

夢のようだった。

「ただ、これは頂いておきますよ」

おゑんが紙包みを摘《つま》み上げた。聡介から渡された三両だ。子を堕ろせと渡された金だ。

「これで全ての掛かりが賄《まかな》える。賄って、お釣りが出ますよ」

おゑんが艶然《えんぜん》と微笑んだ。

六

腰高障子の戸を開け、お春が外へ出て行く。振り向き、土間に立つおゑんに頭を下げる。額が地につきそうなほど、深い低頭だった。

軒下灯籠《どうろう》の明かりが、丸く小さな顔を照らし出す。飛び抜けて美しいわけではないが、愛嬌《あいきょう》のある優しい顔立ちだ。

嘘のつけない、他人を欺《あざむ》けない、つまりとても不器用な生き方をしてしまう女の顔だ。おゑんは、束の間、胸を塞《ふさ》がれるような思いに囚《とら》われた。こんな顔の女を幾人も知っている。目鼻立ちも顔形もまるで異なるのに、どこか似通っている。

嘘のつけない、他人を欺けない、自分をごまかせない、不器用な不器用な女たち。真摯《しんし》に生きれば生きるほど、泥濘《ぬかるみ》にはまり込んでしまう女たち……。

胸を塞いだ思いをおゑんは、束の間で振り捨てた。

思いに囚われていてはいけない。それは、縛《いまし》めとなり、枷《かせ》となり、思い続ける者を束縛してしまう。がんじがらめにして、身動きできなくさせるのだ。

骨身に染みて、わかっている。

「おかげさまで、何だかこのあたりが」

お春が胸に手をやる。

「とても軽くなった心持ちがします。何とお礼申し上げてよいのやら」

その言葉通り、お春の顔色は来たときよりもよほど晴々と明るいものになっている。軒下灯籠の明かりは、人の面《おもて》をどうしても淋しく暗く照らしてしまうものなのに。

「お春さん」

おゑんは敷居を越えて、お春の前に立った。小柄なお春を見下ろす。

「これからですよ。さっきも申し上げたように、決して楽な道じゃありません。そこのところをどうか、忘れないように」

「ええ、わかっています」

お春は顔を上げ、おゑんに真っ直ぐな眼差しを向けた。

「苦労する覚悟はできています。いえ……覚悟することができました。あたし、それが嬉しいんです。おゑんさん、あたし、今まで自分の道を自分で決めたこと……なかったんです。ええ、一度もなかった」

お春の鬢《びん》の毛を風がなぶる。竹の香りを含んだ風だった。この家には、一年中、季節にも時刻にも拘わりなく、竹の香りの風が吹く。ときには濃く、ときには淡く、竹の香《か》を運んでくる。

「でも、今度は違います。あたし、この子と一緒に生きていく覚悟ができました。おゑんさんのおかげです」

お春の手が帯をそっと撫でる。

いいえと、おゑんはかぶりを振った。

「誰のおかげでもありません。お春さんの覚悟はお春さんのもの。お春さんだけが決められることでしょう」

「あたしだけが……」

「ええ。お春さんだけ」

お春が微笑んだ。こちらまで釣り込まれ、微笑みそうになる。

いい笑顔だ。

「お気をつけて、お帰りなさいませや」

おゑんの後ろから、白髪の老女がひょいと覗いた。

ほんとうにひょいという感じで、驚いたのだろうお春が、目を見開き丸く口を開けた。

おゑんは僅かに身体をずらし、老婆にうなずいてみせた。老婆は笑いを浮かべ、うなずき返すような仕草で頭を下げる。

「驚かせてしまいましたか。悪うございましたの。わたしは、末音《すえね》と申します。すえと呼んでくだされば、よろしゅうございますよ」

「おすえさん、ですか」

「はい。そうでございます。おゑんさまのお手伝いをしております。また、どうぞ、おいでください。お待ちしております」

「はい」

お春はもう一度、深く辞儀をするとおゑんたちに背を向けた。

「上手くいくとよろしゅうございますけどね」

末音がふっと短く息を吐く。

「上手くいく、ねえ」

おゑんも静かに息を吐き出した。

「末音」

「はい」

「お春さんみたいな女が上手くいくとは、どういうことなんだろうね」

「はい……」

「無事に赤子を産むこと、ちゃんと育てられること、それが上手くいくってことなのかね」

「まずは、そうでございましょう」

末音が目を細める。皺の中に黒い眸が埋もれてしまう。

「まずは？」

「はい。女は男のように遠い先など見は致しませんで。見るのは、自分の足元。自分の一歩、一歩だけでございますからの」

「なるほどね。まずはその一歩を踏み出すのが、上手くいくってことなんだね」

「わたしめは、そう思いますがの。どうでございましょう。ただ、お春さんはほんに良い人でございますから、最初の一歩も次の一歩も、上手くいって欲しいですの」

末音はそう言うと、家の中に入っていった。おゑんは一人、風の中に佇む。

女は男のように、遠い先など見はしない。高い山の頂を仰ぎ、いつかあそこに辿《たど》り着きたいと、望んだりはしないのだ。

野望とも野心とも望蜀《ぼうしょく》とも無縁なのだ。

女ならば道を見る。

足元に延びた道を見て、一足一足、進んでいく。

お春はその一歩を、その一足を踏み出した。

上手くいくように。

おゑんは風になぶられながら、お春が遠ざかっていった小道を見詰めていた。


目を覚ます。

物音が聞こえた。

おゑんは夜具から起き上がり、耳を澄ます。

竹の音が聞こえた。

竹が風に鳴る。ざわざわと鳴る。

半ば眠りの中にいると、潮騒《しおさい》と聞き間違えてしまう音だ。

今、おゑんははっきりと覚醒《かくせい》していた。風音は風音として耳に届いてくる。

気のせい？

耳に届いてくるものは風音しかない。時折、梟《ふくろう》の啼《な》き声が微かに響いてくる他は、闇と静寂《しじま》だけの夜だ。いや、もう一つ。

濃厚な花の匂いが漂っている。

春が長《た》けた匂いだ。

甘く濃いその匂いのせいで、闇までがねっとりと纏わりついてくるように感じる。

春闇とはこんなにも粘りつくものだったろうか。

春から夏へと季節の移ろう時季だった。

ことっ。

微かな物音がした。さらに微かな呻きを聞いた。確かに聞こえた。

ことっ、ことっ。

お願い……助けて……。

廊下で足音がする。

末音が手燭《てしょく》をかかげ、玄関口へと走ったのだ。寝巻の上に羽織をひっかけると、おゑんも廊下へと飛び出した。

「まぁ、まぁ、まぁ。おゑんさま」

末音が珍しく、声を上ずらせている。

「どうしたの」

素足のまま土間に降り、おゑんは目を剝《む》いた。一瞬、息が詰まり、心の臓がどくりと一つ、鼓動を打った。

「お春さん」

お春が倒れていた。身体をくの字に曲げ、低く呻いている。

「お春さん、しっかりして」

背中に腕を回し、抱き起こす。

「お春さん？　お春さんなんですか？」

末音が手燭をかかげたまま、呟いた。信じられないという響きがあった。

お春は、手燭の淡い明かりではすぐにそれとわからぬほど、面やつれしていたのだ。

頰がこけ、目の下に塗ったような黒い隈《くま》ができている。唇は白く乾き、髪からは艶が失せていた。

お春が初めておゑんの家を訪れてから、まだ一月にもならない。末音でなくとも、信じられないほどの変わりようだった。

「末音、水を」

「はい」

手燭を置いて、末音が台所へと走る。

「お春さん、お春さん、しっかりしなさい。しっかりして。目を開けなさい。あたしがわかりますか」

呼び掛ける。ともかく、呼び掛ける。気を失い、朦朧《もうろう》としている相手にはまず呼び掛けるのだ。強く、強く、幾度も繰り返して呼び続ける。こちらに引っ張る。遠のいていく意識を引き戻す。

「お春さん、お春さん。目を開けて」

お春の瞼《まぶた》がひくりと動いた。ゆっくりと持ち上がる。

「……おゑんさん……」

「気が付いたね。そのまま、しっかり気を保ってくださいよ」

「あたし……おゑんさんのところに……辿り着けて……」

「ええ。辿り着きましたとも。もう、だいじょうぶ。何も心配いりません。だいじょうぶですよ、お春さん」

「……よかった」

お春がふうっと音を立てて息を吐いた。

「おゑんさん……赤ん坊を……あたしの赤ん坊を助けて……」

お春の指がおゑんの腕を摑んだ。白い袖《そで》にべとりと血がつく。お春の指は血に塗れていたのだ。

「……赤ん坊を助けて……」

「だいじょうぶ、赤ん坊も助かる。あたしに、任せて。だいじょうぶだからね」

だいじょうぶ、だいじょうぶと繰り返す。

そうでないことは、瞭然《りょうぜん》だった。

土間は血の臭いで満ちていた。

お春の裾が血でぐっしょりと濡《ぬ》れている。生臭い血と肉の臭気が闇に融け、闇に沈む。

これは、もう、だめだ。

おゑんは悟った。

もう、手遅れだ、と。

お春の子は流れた。この世に生まれてくることができなかった。

お春が呻く。絶え絶えの息が漏れる。

「お春さん、しっかりして。今、手当てをしますからね。もうちょっとの辛抱ですよ。お春さん、お春さん、あたしの声が聞こえますね。お春さん」

「……どうして」

お春が呟いた。掠れた弱々しい声だった。

「どうして、こんなことを……若旦那、あたし……産みたかっただけなのに……赤ん坊を産みたかっただけ……若旦那に何の迷惑もかけないって言ったのに……」

「お春さん」

お春の指が腕に食い込む。

「ちくしょう。ちくしょう。ちく……」

声はそこで途切れた。

七

風が冷たい。

首筋を撫でられると、思わず身を縮めそうになる。間もなく夏になろうかというこの時季に、これほど冷たい風が吹くとは。

「暑いな」

背後で声がした。

「まったくだ。今からこれじゃ、先が思いやられるな」

「いっそ、大川の水にでも飛び込んじまうか。さっぱりするぜ」

「馬鹿野郎。さっぱりする前に溺《おぼ》れて、あの世行きじゃねえか」

「そりゃあいい。嬶《かか》のやつが大喜びするぜ。亭主がいなくなって、それこそ、さっぱりしたってな」

「ちげえねえ。おい、お互いに笑えねえ冗談じゃねえのか」

「はは、ほんとによ。で、どうだ、兄ぃ。暑気払いに一杯、ひっかけるってのは」

「いいな。ちょいと、やってくか。嬶の目ん玉がまた吊り上がるかもしれねえけどよ」

歩を緩めた聡介の傍らを職人らしい二人の男が通り過ぎて行く。

一日の仕事を終えた満足感と微かな疲労が、面に表れていた。とりとめのない会話を交わしながら、遠ざかって行く。その額に汗が滲《にじ》んでいた。

暑い？

聡介は丸めていた背筋を伸ばし、辺りを見回す。

「ひやし～あめぇ～、ひやしあめ～。暑気除《よ》けにひやし～あめぇ～、ひやしあめ」

冷やし飴《あめ》売《う》りが朗々と美声を響かせている。籠《かご》を背負った老婆が汗を拭き拭き、歩いている。遊び人らしい風体の男が扇子《せんす》で胸元を煽《あお》いでいる。

冷たい風に身を竦《すく》めている者など、どこにもいない。

そんな……。

聡介は首に手をやった。

さっきここを撫でた風は幻だったのか？　いや、そんなこと、あるもんか。身体の芯まで染みてくるような、冷たさだった。

ぞくり。

背筋に悪寒が走る。

悪い風邪《かぜ》でも引き込んだかな。

単《ひとえ》の襟《えり》を合わせる。

好事魔《こうじま》多しと言う。こんなときだからこそ、厄介な病を背負い込まないとも限らない。用心しないと。

この夏が過ぎ、秋風が立ち始めるころ、松江屋の娘、おことと祝言をあげる。その段取りは着々と進んでいた。

松江屋は名の通った大店、おことは松江屋の末娘だ。華やかな顔立ちの佳人でもある。松江屋と姻戚《いんせき》関係を結べれば、駒形屋は願ってもない後ろ盾を得ることになるのだ。

父の二代目駒形屋聡兵衛も母のお吉も、縁談がまとまったとき、文字通り小躍りした。普段、お世辞にも仲が良いとは言えない夫婦が手を取り合い、笑い合い、露骨なほどの喜びを示したのだ。

「聡介、大運だ、大運が向いてきたぞ」

「ほんとだよ。よかったねえ。こんな果報は寝て待ってたって、手に入りゃしないよ。おまえは、よくよく良い星の下に生まれついたんだ。めでたいことだよ」

聡兵衛もお吉もはしゃぎ、興奮して、よくしゃべり、よく笑い、自分たちの幸運を誇らしげに吹聴して回った。そのせいなのか、町内を歩けば、

「若旦那、けっこうなご縁を結ばれたそうで、おめでとうございます」

と、顔見知りから挨拶され、馴染《なじ》みの店に行けば懇《ねんご》ろに付き合っていた酌取《しゃくと》り女から、

「たいそうな奥方さまをもらうんですってねえ。駒形屋の若旦那は、他の女になんて洟《はな》も引っ掛けなくなるってもっぱらのうわさですよ」

と、皮肉を言われてしまう。

その度に、聡介はにこやかに頭を下げたり、女を宥《なだ》めたり、わざとらしく顔を歪《ゆが》めたり、

忙しく対応しなければならなかった。

このところ何となく疲れて、気怠《けだる》い。ともすれば気分が重く沈んでいく。

聡介は不安だった。

おことという娘とは一度、顔を合わせた。両親ともども松江屋に呼ばれ、食事をしたのだ。確かに評判どおりの美しさではあった。しかし、一度も笑わなかったのだ。ろくに口を利かぬまま母親の横にぺたりと座り込んで、酒を注《つ》ぐことも、料理を勧めることも一切しようとしなかった。聡介に話しかける素振りさえ見せなかった。

控え目だとか慎《つつ》ましいとかではない。端から駒形屋の親子を見下している。話をする気など毛頭ない。それがありありと伝わってきて、聡介は不快だった。不快を覚えると同時に、飲み仲間の一人が囁いた言葉が脳裡に浮かび、ちかちかと瞬いた。

「聡介、松江屋のおことは相当な遊び女だぞ。役者にのぼせて、駆け落ち紛《まが》いのことを何度も繰り返したらしい。業を煮やした親が無理やり嫁入りさせようとしたに違いないんだ。おまえ、祝言をあげるなら、よほどの覚悟がいるぜ」

聞かされたときは、こいつ、おれをやっかんでやがると冷笑したが、あれは嫉妬《しっと》ではなく本気の忠告であったのかもしれない。

おことは、権高《けんだか》でふしだらな娘なのかもしれない。そんな女を妻にしていいのか。聡介は考え込む。いくら考えても、今さら、水に流せる話ではなかった。

　だからこそ、父母の浮かれ具合が恥ずかしくもあるし、いまいましいとも感じる。「いいかげんにしろ」と大声で叱責《しっせき》してやりたい気にさえなる。いや、今日は本当に声を荒らげてしまった。お吉が婚礼の日に身につける着物について、あれこれしゃべりかけてくるのが癇《かん》に障ったのだ。

「着る物なんて、どうだっていいだろう。おっかさんが花嫁になるわけじゃなし」

　喜色を満面に浮かべていたお吉が、わざとらしく眉《まゆ》を顰《ひそ》める。

「まぁこの子ときたら、何て言い草だろうね。世間には釣り合いってものがあるだろう。こっちは嫁をもらう側なんだ、松江屋さんに嗤われないだけの拵《こしら》えはしなくちゃね」

「うちと松江屋のどこが釣り合うって言うんだ。牡丹《ぼたん》と蓬《よもぎ》ほども差があるじゃないか。無理して背伸びしたって、無駄ってもんさ」

　お吉の眉間の皺がますます深くなる。

「聡介、おまえ、何をそんなに苛立ってるんだい。こんな、めでたい話が進んでいるときに、少しおかしいよ」

　お吉は口を閉じ、窺《うかが》うように息子の顔を覗き込んだ。

「おまえ、もしかしたら……」

「なんだよ」

「お春のことにこだわってるんじゃないだろうね」

母の口からお春の名を聞くとは思ってもいなかった。不意を突かれ、聡介はよろめきそうになる。ほんの一瞬だが、目眩《めまい》がした。

足を踏ん張り、辛うじて身体を支える。

「おれが、何でお春にこだわらなきゃ、いけないんだ」

母を睨みつける。その視線を受け止め、お吉は軽く鼻を鳴らした。

「おまえ、あたしが何にも知らないとでも思っていたのかい。ふふん、ちゃんと知ってましたよ。おまえとお春が離れや納戸で、何をやってたか、ね。そうさ、あたしは何もかも知ってたんだよ」

何もかも知ってる？

じゃあ、おれがお春にやったことも知っているのか。あれを知っているのか。

身体が震える。

汗が滲み、頰を伝う。

息子の異様な様子に気が付き、お吉は慌てて手を振った。

「いいんだよ。あたしはね、今さらおまえを責めようなんて思っちゃいないんだから。店の女中にちょっかいを出すなんて、褒められたことじゃないけど、咎《とが》められるほどのものでもないんだからさ。そうそう、よくある話だよ。どこの店にだって一つや二つは、転がってる話なんだよ。おまえのおとっつぁんだって、ちょいちょい若い女中をつまみ食いしてたもんさ。聡介、あたしはね、責めてるんじゃない。むしろ、感心してんのさ。よく、お春ときれいに手を切ったなって。ほんとのこと言うと、あたしなりに気を揉《も》んでたんだよ。おまえがお春と遊ぶのはいいけれど、それが、おことさんとの縁談に障るようだったら、どうしようってね。ほんとに、案じてたんだよ。だけど、おまえはずい分と上手くやったじゃないか」

「上手く……」

今度は聡介が眉を顰めていた。

上手くとはどういう意味だ？

「だってそうだろう。お春は駒形屋を出て行ったじゃないか。行き先も告げずに、さっさといなくなっちまった。あれは、おまえがお春に言い含めて暇を取らせたんだろう。いくら金子を渡したか知らないけど、後腐れないようにけりをつけた。うん、上手くやったよ。おことさんが嫁いでくる前に何もかもきれいに片付いて、あたしは、ほっとしてるんだ」

お吉は胸を押さえ、息を吐き出した。

「だからね、聡介。これからも上手くおやり。お春になんかいつまでもこだわってちゃ、いけないよ。いいね。おまえは駒形屋の三代目となる男なんだ」

お吉の目が光を帯び、ぎらつく。曇った玻璃《はり》のようだ。その指は、聡介の腕をしっかり摑んでいた。聡介が低く唸《うな》ったほど、強い力だった。

「この店を守り、大きくしていかなきゃあならない男なんだ。そのためには、松江屋さんの力が要る。わかってるね、万が一にもお春のことをおことさんに知られるんじゃないよ。それだけは心して……聡介、聡介、どこに行くんだい」

母の指を振り払い、駆け出す。駒形屋を飛び出し、走り続ける。途中で何人かとぶつかり罵倒《ばとう》されたり、舌打ちされたりした。

気が付くと、大川沿いをふらふらと歩いていた。どこかで酒を飲んだらしく、喉が焼けるように渇いていた。

寒い。

ぞくりぞくりと寒気がする。

あたしは何もかも知ってたんだよ、か。へっ、笑わせるぜ。何にも知っちゃあいねえくせに。お春の腹におれの子がいたことも、おれがお春にしたことも、何一つ、知らないくせに……。

聡介は目の前にそっと両手を広げて見た。そこは血で汚れている。お春の血がべとりと張り付いている。そんな風に思えた。

そんなわけがない。井戸端で皮が剝けるほど洗ったのだ。臭いが気になって、香油をすり込んだ。

汚れているわけがない。気のせいだ。

「若旦那……」

聡介を見上げたお春の目を思い出す。怨みではなく哀しみに満ちていた。そういう眼つきしかできない女だったのだ。

風が吹く。寒い、寒い。

「若旦那」

背後から呼ばれ、聡介は小さく悲鳴を上げた。

八

背中が凍りつく。

首の後ろが強張《こわば》って、鈍く痛んだ。その首を無理やり捻《ひね》り、振り返る。

お春が立っていた。

蠟燭《ろうそく》問屋の軒下に佇んでいる。頭上では、蠟燭の形の看板が風に揺れて、微かな軋《きし》みの音をたてていた。

「お春……」

聡介は呻いた。

「お春、おまえ……」

「駒形屋の若旦那、聡介さんでござんすね」

低く掠れているのに、どこか甘やかさの匂う声が聡介の名を呼ぶ。声の主が軒の陰から通りに歩み出てくる。光が、淡々《あわあわ》と儚い夕暮れの光が、主を照らし出した。

お春ではない。

お春よりずっと背が高い。見知らぬ女だ。髪を根結いにし、薄鼠色《うすねずいろ》の単に葡萄染《えびぞめ》の帯を締めている。着物も帯も一色に染めあげられ、模様らしい模様はついていない。地味な出で立ちだが、その地味な色合いが女の肌の白さを際立たせていた。

素人《しろうと》じゃないな。

とっさに、そう感じた。ありふれた、目立たない装いにさり気なく艶を添える。素人には、まず無理な芸当だろう。

呉服問屋の三代目として育ったのだ。それぐらいの目利きはできる。

この女を束の間とはいえ、なぜ、お春だと思ったのか。似ても似つかないのに。

胸の内で舌打ちをする。指を開く。いつの間にか固く握り込んでいたのだ。

「ええ、確かに、駒形屋の聡介ですが。わたしに何か？」

聡介は軽く頭を下げた。挨拶ではなく、背の高い女を窺うためだ。

誰だろう？

瞬きする間にも脳裡にあれこれ、女たちの顔が浮いては沈み、また浮いてくる。

誰だろう？

見当がつかない。

「失礼ですが、どなたさまでしょうか」

「ゑんと申します」

「おゑんさん……」

聞いたことがあるような、覚えなどないような……。

女が艶然と微笑んだ。

人目を引くほど美しいわけではないのに、すいっと心を奪われる。そんな笑みだ。

「お春さんの名代《みょうだい》でお迎えにまいりました」

ざぶり。

頭から冷水を浴びせかけられた。聡介は思わず身を縮め、数歩、よろめく。

幻覚だ。身体のどこも濡れてはおらず、夕空は晴れ上がったまま一滴の雨さえ落ちてはこない。

「お春の名代だって……」

「はい。お春さんが是非に、若旦那にお会いしたいそうです。さる場所で待っておりますよ。お出でくださいますよねえ、若旦那」

笑みを消さぬまま女が、一歩、前に出る。聡介は一歩、退《しりぞ》いた。

「わ、わたしは、忙しいんだ。勝手に店を出て行った奉公人のことまで……しっ、知るもんか。かまってる暇なんてない」

「勝手に？　若旦那、それはないでしょう」

おゑんが口元に手を当て、くすくすと笑う。

「お春さんが勝手に出て行ったんじゃないこと、誰より若旦那が一番よく、ご存じじゃないですか」

おゑんがまた一歩、近づいてくる。聡介は、さらに一歩、後ろに下がった。

助けてくれ。

悲鳴を上げそうになる。思わず、大通りに視線を走らせたけれど、行き交う人々は忙しげで、こちらに目を向けている者はただの一人もいなかった。

ある者は足早に、ある者は荷を背負って、ある者は楽しげに笑いながら、ただ行き過ぎるだけだ。

見慣れた往来の風景のせいか、聡介に僅かの余裕が戻ってくる。小さく一つ、息が吐けた。背中に滲んだ汗が冷えていく。

たかだか女一人に、怯えてどうするんだ。つっぱねろ。お春などにこれ以上拘《かか》わりたくないと、つっぱねればいいんだ。何を恐れることも、何に怯えることもあるものか。

知らない。知らない。知らない。

「わたしは、お春なんて知らないよ。知るもんか」

言い捨て、おゑんに背を向ける。とたん、手首を摑まれた。恐ろしいほど強い力だった。

「お春さんが待ってるんだ。どうあっても来ていただきますよ」

白い顔がすぐ目の前に迫ってきた。やはり白くて長い指が突き出される。

「さっ、ご一緒に参りましょう」

指の先が聡介の鳩尾《みぞおち》に食い込んだ。こぶしがめり込んだわけでも、強く打たれたわけでもないのに、息が詰まる。膝から力が抜けていく。辺りが暗く閉ざされようとする。

これは、何だ……。

「あら、若旦那、ご気分がすぐれないんですか。しっかりしてください。すぐに、駕籠《かご》を呼びますからね」

遠くで女の声が聞こえる。

駕籠？　嫌だ、嫌だ。おれをどこに連れて行こうとしてるんだ。嫌だ、嫌……。

闇が覆いかぶさってくる。その闇を払い除《の》けたくて、聡介は腕を上げようとした。

動かない。

聡介はすっぽりと闇に包まれた。

きゃあぁぁぁぁ。

すさまじい悲鳴と共にお春が階段を転がり落ちていく。

頭から突っ込むような落ち方だった。階段の上に立っていた聡介にも、お春の髷が潰れていくのが見えた。

「若旦那」

顔を起こし、お春が見上げてくる。哀しげな眼つきだった。その顔が、すぐに歪み、苦《く》悶《もん》の表情となる。

「あうっ、お腹が、お腹が……」

身体をくの字に曲げて、呻き始める。

「痛い。あ……助けて、お腹が……」

聡介は惚《ほう》けたように、立ち尽くしていた。

おれは、今、何をやったんだ。

明かり取りの窓から差し込んでくる光に、両手をかざした。瘧《おこり》のように震えている。

この手で、お春の背を押した。階段から、突き落としたのだ。

駒形屋の裏手に立つこの蔵は、お春との逢引《あいびき》に何度も使った。二階の一隅に古畳が敷いてあって、夜具さえ持ち込めば睦むのに何の差し障りもなかった。

一日中、黴《かび》臭く薄暗い蔵の中で家人の目を盗んでの目合は、離れの座敷とはちがう昂《たかぶ》りを聡介に与えた。一度など、お春の乳房を玩《もてあそ》びながら喘いでいたとき、階下の扉が開く音がした。

「おや、鍵が外れてる。どういうことなんだ。まったく、また、松吉《まつきち》のやろうが掛け忘れたのか。しょうがないねえ。どこまでぼんやりしたら、気が済むんだ」

番頭の正太郎の濁声が聞こえた。聡介の下でお春が身を硬くする。外から掛けられないように、鍵は取り外して聡介が持っている。正太郎が出て行ったあと、聡介とお春は追われるように蔵を出た。そういう、胆《きも》を冷やす一時が歪《いびつ》な楽しみに変わる。

聡介はたびたび、蔵にお春を呼びだした。しかし、そのときは反対だった。お春が、聡介を蔵に誘ったのだ。

「若旦那、お話があるんです」

肩を抱いた聡介の手を外し、お春は唇を一文字に結んだ。そうすると、ひどく生真面目《きまじめ》な、頑固な面容が現れる。

嫌な予感がした。

女がこんな顔をするのは、ろくなときじゃないんだ。

「話って、なんだ?」

嫌な予感とお春の身体への欲が、聡介の内でせめぎ合う。ぎちぎちと音を立てて軋む。

「あたし、この子を産みます」

お春が帯の上から腹を押さえる。

「なんだって……おまえ、子は堕ろしてきたんじゃないのか」

「堕ろしてなんかいません。子どもは、ここでちゃんと育ってます」

「そんな、お春、何を馬鹿なことを言ってるんだ。あれほど、おれが言い含めて」

「産ませてください」

身をよじり、お春が叫ぶ。

「しっ、大きな声を出すんじゃない。誰かに聞こえたら大事《おおごと》じゃないか」

お春は顎を上げ、声を低くした。

「あたしに赤ん坊を産ませてください。いえ、あたし産みます。若旦那がどう言おうと、あたし、この子を産みます。そう決めたんです」

「おい、お春」

目の前の女に向かって手を伸ばす。その手から逃れるつもりか、お春が身を引いた。

「若旦那に迷惑はかけません。決して、かけたりしません。お金もこの前、頂いただけで十分です。あたし、誰にも知られないようにそっと赤ん坊を産みますから、若旦那の祝言の邪魔なんかしませんから。だから、安心してください」

「お春、おまえな」

「お暇を頂きます。お店を出て行きます。もう二度と、若旦那にはお会いしません。それで、よろしいですよね。ただ、覚えていてください。女は、玩具《おもちゃ》じゃないんだってこと。自分の心一つで、赤ん坊を産めるんだってこと、覚えといてください。そうじゃないと……いつまでも女を玩具や道具としか考えられないとしたら、若旦那が不幸になります。あたし、それだけを言いたくて……」

お春は頭を下げると、聡介に背を向けた。

あのときの気持ちを何と言い表したらいいだろう。何とも言い表せない気がする。思いのままに好きなように動かせた人形が、突如、心を持った人に変わり、その心のままに生きようとしている。

おれは捨てられるわけか。

火のような憤りが聡介を貫いた。取り残される悲哀が湧き上がってきた。生意気なと感じる。裏切られたと感じる。身勝手だとはいささかも思わなかった。憤怒《ふんぬ》、悲哀、憎悪、未練……全てが混ざりどろりと黒くうねる。男を振り切って生きようとする女に、言いようのない情動を覚える。

遠ざかろうとする背中に追いつき、ぶつかっていく。両の手で思いっきり突きとばす。

きゃあぁぁぁぁ。

お春は、まっさかさまに奈落へと落ちていった。髷が潰れる。小さな身体が床に打ちつけられる。その音と呻き声に、我に返った。

おれは、何をしたんだ。

階段の下にお春が倒れている。血の臭いがした。生臭い血の臭いが、鼻腔《びこう》を満たす。

「助けて……赤ん坊が……」

お春が床を這う。血が筋となって流れる。

蔵を飛び出した。蔵から逃げた。それから後のことはほとんど覚えていない。翌日、お春の姿は蔵からも駒形屋からも消えていた。

九

夢を見ていた。

これは夢なのだ、おれは夢を見ているのだと、わかっていた。

それなのに、怖くて堪《たま》らない。辛くて堪らない。聡介は恐怖に震え、辛さに泣きながら床を掃除していた。

蔵の床だ。

お春の血があちこちに黒い染みとなって残っていた。いや、刻まれていた。

拭いても拭いても、取れない。

あの日も、こうやって必死に床を掃除していた。お春を突き落とし、蔵を飛び出した翌朝だ。

蔵を飛び出した後、しこたま飲んで、飲んで、酔い潰れ、曖昧宿《あいまいやど》にもぐり込んだ。どんな女と寝たのかまるで覚えていない。

お春はあのまま死んでしまったのだろうか。

それだけを考え続けた。考え続け、考えることにもう疲れきってしまったとき、聡介は鼾《いびき》をかいて眠りこけている遊女を押しのけて起き上がった。

駒形屋の蔵に急ぐ。

鍵は掛かっていなかった。

「お春」

名前を呼びながら、蔵の中に踏み込む。

誰もいなかった。

死体もなかった。

生きて呻いている女もいなかった。

誰も……いない。

血の痕《あと》だけが残されていた。

点々と蔵の外まで続いている。どす黒く固まったものもあった。

聡介は、汗まみれになりながら、血の痕を拭き取った。身体中に生臭い血の臭いが染みてくるように思われた。

吐き気がした。

お春はどこに行ったんだ。

そこに思いが至ったのは、どうにか掃除を終えてしばらくしてからだ。

自室に戻り、夜具を敷き、寝転ぶ。自分でも気息が乱れているとわかっていた。さして暑くもないのに、身体は汗でしとどに濡れている。そして、震える。歯の根が合わず、カタカタと音をたてた。

お春はどこに行ったんだ。

半分痺《しび》れた頭で考える。思う。

お春、おまえは……。

「お春、お春」

母がお春を呼んでいる。

身体と心が竦みあがった。

「まったく、しょうがないねえ。どこに行っちまったんだよ。お春、お春」

耳を塞ぎ、目を閉じる。

お春はどこに行ったんだ。

自分の力で駒形屋から出て行ったのか。

誰かが運び出したのか。

生きているのか、死んでしまったのか。

わからない。

「お春、いないのかい。表座敷の掃除ができてないじゃないか。何をしてるんだい。お春、お春ったら」

母の声と足音が遠ざかる。

聡介は詰めていた息を吐き出した。そして、また、とりとめもなく考える。思う。

お春はどこに行ったんだ。

その夜から、聡介は毎晩、同じ夢を見るようになった。

蔵の床を懸命に拭いている夢だ。血の痕を必死で拭き取ろうとしている。

汗みずくになり、息を荒くし、ただ、ひたすら床を擦《こす》っているのだ。

立ち上がろうとしても、膝が床から離れない。四つん這いのまま、這いずることしかできないのだ。苦役のようだった。

聡介は喘ぎながら床に這いつくばる。そして、考える。思う。

お春はどこに行ったんだ。

背後で人の気配がした。聡介は手を止め、首だけを後ろに捩《ね》じる。

いつも、そこで目が覚めた。

夢であるはずなのに、無理やり捩じった首筋が痛み、動悸が激しい。絞れるほどに寝汗をかいていた。

だから、わかっていた。

これは夢なんだ、と。

おれは、また、いつもの夢を見ているんだ。

膝をつき、床を拭く。

拭き取らなければ、お春の血をきれいに拭い去らなければ、おれのやったことが露《あらわ》になってしまう。

拭き取らなければ、隠さなければ、消してしまわなければ……。

とろりと甘い匂いが漂う。

聡介は手を止め、辺りを見回した。

薄暗い。

聡介に見えているのは、手元の床だけだ。点々と血の痕が付いた床だけが、闇の中にぼんやりと浮かび上がっている。

聡介は闇に包み込まれていた。その闇そのものが匂うのか、甘く重い香りが纏わりついてくる。

今までの夢とは違う。いや、夢でも現《うつつ》でも、こんな香りを嗅《か》いだことなどない。

花か？　違う。

熟した実か？　違う。

女の体臭か？　違う。

香《こう》か？　香だろうか。

とろり、とろりと甘い。鼻からも口からも目の端からも耳の孔《あな》からも、滑り込んでくる。

むせ返るようだ。

背後に気配がした。

あぁ、まただ。また、同じことを繰り返すんだ。ここで、目が覚めて……。

首を捩じる。ゆっくりと捩じる。

目は覚めなかった。

闇に包まれたまま、聡介は身体ごと振り向いていた。

「お春……」

飲み下した息が塊となって、胸に閊《つか》えた。

苦しい。

「お春、おまえ……」

お春が立っていた。無言のまま、しゃがみ込んだ聡介を見下ろしている。

血の気のない顔、頬にへばりついた長い髪、微かに震える唇、そして、怨みよりも怒りよりも、哀しみを湛《たた》えている眼差し。

お春がそこにいた。

聡介は、ぺたりと尻をつき、お春を凝視する。顔を、髪を、眼差しを見詰める。

生きていたのか。

生きていたのだ。お春は生きていた。

そう思った刹那《せつな》、聡介は深く長い息を吐き出していた。吐息と共に、涙が流れ出る。次から次にあふれ出し、止まらなくなる。

安堵の涙だった。

生きていた。生きていてくれた。

「お春、お春、お春」

聡介はお春の足元まで這い進み、裾を摑んだ。強く握り込む。

「お春、許してくれ。おれを許してくれ。許してくれ」

「若旦那」

「おまえが誰より大切だった。おまえがいないと、おれは……おれは、駄目なんだ」

「若旦那」

「おまえが傍《そば》にいてくれたから、おれは幸せだった。そのことに、やっと気が付いたんだ。やっと……頼む、お春。おれのところに、戻ってきてくれ。頼むから……」

「若旦那」

頰に指が触れた。氷のような指だった。あまりの冷たさに、悲鳴を上げた。

「若旦那、目をお覚ましなさいな」

掠れた美しい声がした。

目を開ける。

白い顔が目の前にあった。お春ではない。あの女だ。あの女……おゑんと名のった女だ。往来でおれを呼び止めて、呼び止めて何と言った？

お春さんの名代で参りましたと言わなかったか。それで、おれの腕を掴んで、おれは急に目の前が暗くなって……。

飛び起きる。

おゑんが膝をついたまま、すっと退いた。

「ようやっとお目覚めでございますか」

「ここは、ここはどこだ」

「あたしの家でござんすよ」

「おまえの家？　何で、おれがそんなところにいるんだ。勾引《かどわかし》か？　おれを勾引《かどわ》かして、身代金でもせしめようと」

聡介は口をつぐんだ。おゑんが笑ったからだ。冷ややかな、艶やかな笑いだった。氷の中に咲く花のようだ。冷たくて艶やかではないか。

「身代金が欲しくて勾引かすなら、もう少し大店の、ご隠居あたりを狙《ねら》いますよ。そのくらいの智慧《ちえ》は働きますからね」

おゑんがすっと、笑いを消した。そうすると、その切れ長の眼が鋭い棘《とげ》を含んでいたのだと知れる。その眼つきのまま、おゑんは聡介を見ている。睨んでいるわけでも、窺っているわけでもない。ただ、見ている。

棘が聡介の全身に突き刺さる。

「あたしはお春さんの名代で、若旦那をここにお呼びしました。先ほど、そう、お伝えしたはずです」

「お春……、お春がここにいるのか」

「ええ、いますよ。若旦那を待っています」

おゑんの黒眸《くろめ》が横に動いた。

「……会わせてくれ」

「お会いになるんですね。会う覚悟がおありなんですね、若旦那」

「会わせてくれ！　お春に会わせろ！」

叫んでいた。叫びながらおゑんと名のった女に飛びかかっていく。身体が宙に浮いた。次の瞬間、床に押し付けられていた。腕がきりきりと捩じ上げられる。痛みに呻いていた。

「やっ、やめろ……ほっ、骨が折れる」

「お春さんの痛みは、こんなもんじゃなかったはずですよ。もっと痛み、もっと苦しんだ。若旦那、あんたのせいでね」

「う……痛い。はっ、放してくれ。助けて」

「お春さんは若旦那を怨んでいるかもしれない。殺してやりたいほど憎んでいるかもしれない。それでも、会いますか」

痛みに脂汗《あぶらあせ》を浮かべながら、聡介はうなずいた。何度も何度もうなずいた。

「会わせてくれ、頼む。お春に会いたいんだ。会って、詫びたい。詫びて……詫びて、おれのところに戻ってもらいたい……」

「ずい分と手前勝手な言い分だねえ」

腕が楽になった。息を吐き出す。

おゑんが座ったまま、身体の向きを変えた。

「お春さんは隣の座敷にいますよ。どうぞ」

無地の襖がすっと横に動いた。行灯の明かりがぼんやりと、六畳ほどの座敷を照らしている。

香りが強くなる。あの、甘い匂いがさらに濃厚に漂う座敷だ。聡介はよろめきながら立ち上がり、その座敷へと足を踏み入れた。

誰もいなかった。

男も女もいない。人の気配は微塵もない。腕を押さえ、振り向く。おゑんの視線が絡む。

「お春は……」

「そこに、いらっしゃいますよ」

おゑんが僅かに顎を上げた。

「若旦那には見えませんか」

「え……」

行灯の傍に白布を被せた台が設えてある。そこに、やはり白布で包まれた小さな箱と位牌が並んでいる。

聡介は口を半ば開いたまま、佇んでいた。

十

おゐんがすっと白布の台に近寄り、膝をついた。香りが揺れた。台の端に小さな香炉が置いてある。闇と同じ漆黒の色だったから、気が付かなかった。

香炉からは一筋の細い煙が立ち上り、天井近くで闇に融け、消えていく。

「それは……何だ」

聡介は身を絞るようにして声を出した。そうしないと、喉も舌もぺたりとくっつき、声どころか息さえできない気がした。

「若旦那が自分でお確かめなさいな。さっ、どうぞ」

おゐんの口調に聡介は身震いをしていた。桶《おけ》一杯の冷水を頭から浴びせられた心持ちだ。凍えるほどに冷たいけれど、目は覚める。

痺れたように動かなかった足が、そろりと一歩、前に出た。

そろり、そろり。

そろり、そろり。

白布の箱に近づく。

そろり、そろり。

そろり、そろり。

骨箱だった。

そして、位牌。

これは、これは……誰の……。

聡介は黒塗りの木札に手を伸ばした。指先が震えて、上手く摑めない。位牌には、白文字で「はる」とだけ記されていた。

「お春、これはお春の……」

「お骨と位牌ですよ。今さら驚くことじゃないでしょう。この座敷に足を踏み入れたときから、あなたにはわかっていたはずですよ。ええ、わかっていましたとも。若旦那、あなたは気が付かない振りをしていただけでござんしょう」

全身からすっと力が抜けていく。脚が、腰が、身体を支え切れない。

低く呻き、聡介はその場にくずおれた。おゑんの声が、頭上から降り注いでくる。

「お春さんは、あなたに階段から突き落とされ、血を流しながらここまで辿り着いたんですよ。お腹の赤ん坊を助けたい一心でねえ。でも……駄目だった」

おゑんが目を伏せ、膝の上で指を握り込む。

「助けられませんでしたよ、若旦那。せっかく、あたしを頼りに、這うようにしてここまで来てくれたのに……助けられませんでした」

聡介は骨箱を胸に抱いた。お春の身体の柔らかさも、密《ひそ》やかな息遣いも、肌の火照りも伝わってはこない。

当たり前だ。当たり前だ。当たり前だ。

おれは、お春を失ってしまったんだ。もう一生、お春には会えないのだ。

身体の真ん中にぽかりと空いた穴を見る。今、空いたものなのか、お春が蔵から消えたあのときから、既に穿《うが》たれていたのか、聡介には窺い知れない。ただ、穴があるのだ。底なしの暗い穴が、ある。そこから、凍えた風が生まれてくる。聡介は、凍て風《いかぜ》にすっぽりと包まれ、血の流れまで凍りつく感触に怯えた。女を失うとは、こういうことだったのか。

「お春、お春……おれが……」

「そうです。若旦那の罪です」

おゑんが言い切る。その語調の強さに聡介は顔を上げ、僅かに喘いだ。

「おれの罪……」

「そうです、若旦那、あなたは取り返しのつかない罪を犯しちまったんですよ。誤解しないでください。あたしは、あなたのことをお上に訴え出ようなんて、考えちゃいませんよ。お春さんだってそんなこと、望んじゃいないでしょうからね。けど、お白洲《しらす》で裁かれようが、お裁きを免れようが罪は罪。消えるもんじゃない。若旦那が人を一人殺《あや》めた。それは、決して消えない罪でござんしょう」

聡介は骨箱をさらに強く抱き締めた。

「おれが……殺した……」

そうだ、おれがお春を殺した。階段から突き落とした。この手で背中を押したんだ。

「お春は……苦しみましたか……」

「お腹の赤子が流れたんです。苦しくないわけがありませんよ。男には想像もつかない苦しみと辛さ、でしょうよ」

凍て風が吹く。穴の底から吹き上がってくる。途切れることも、薫風《くんぷう》に変わることもない。おゑんが身じろぎをした。

「どうすればいい……」

呟く。誰に向かって呟いているのか、判然としない。答えを指示してくれる誰かに向かって、呟く。

「おれは、どうしたらいい。おれは、どうしたらいい。おれは……」

「罪は贖《あがな》わなきゃいけないでしょうよ」

おゑんの一言に、聡介は呟きを飲み込んだ。

おれのやったことは、贖えるようなものなんだろうか。

おゑんが息を吐いた。それが合図だったかのように、一人の老婆が入ってくる。白髪をきっちりと達磨返しに結っていた。

無言のまま、聡介の前に盆を置く。素焼きの湯吞みが二つ、並んでいた。どちらにも八分目ほど黒い水が入っている。

これは？

聡介は問うようにおゑんを見やった。心の臓の鼓動が強くなる。胸を押し上げて、どくどくと脈打つ。

「お春さんなら、若旦那を裁こうとは思わないでしょう。けどね、あたしは、どうにも納得がいかなくてねえ。このまま済ませるわけにはいかないって思っちまうんですよ」

おゑんの声音には先刻までの冷たさはなかった。温かいわけでもない。人の情のこもらない淡々としたものだった。

おゑんの手が聡介から、骨箱を取り上げる。かさりとささやかな音がした。地味で影の薄い女は骨になっても幽《かそけ》きもののままなのだ。

　おゑんが骨箱を位牌の横に返す。

「道が二つあります。一方の道はまた二つに分かれます」

「は？」

　聡介は、唾を飲み下した。おゑんの言うことの意味が、飲み込めない。

　何の謎かけだ？

　おゑんが笑った。妖艶《ようえん》な、けれど、酷薄な笑みだった。背筋に沿って汗が流れる。

「最初の道は、賭けをするか、何もせずにこの家を出て行くかの二つ。どちらを選ぶかは若旦那次第でござんすよ」

「賭けとは……」

「この二つの湯呑み、一つには薬湯が、もう一つには毒が入っております」

「毒！」

「烏頭《うず》と呼ばれる猛毒でござんすよ。遣《つか》いようによっては痛みを鎮《しず》め胃の腑《ふ》の働きを助ける薬ともなりますが、この湯呑みに入っている量は薬ではなく毒、大の男一人、簡単に絶命させるだけの毒が入っています」

「それを飲めと……」

「どちらを選ぶかは若旦那に任せます。生きるか死ぬかは五分と五分。もし、若旦那が薬湯を選んだら、お春さんが全てを許した証《あかし》と、あたしも納得いたしましょう。若旦那も全てを忘れ、生き直す道をお行きなさいな。むろん、賭けなど御免だとお逃げになるのもお心次第ではあります。罪を贖わぬまま生きるのも、若旦那の人生でござんすからね」

頬を汗が伝う。歯の根が合わない。

お春、おれはおまえを殺した。祝言の邪魔だったからではない。おまえがおれを捨てようとしたからだ。だけど、結局、おまえはいなくなった。もう二度と帰ってこない。

罪を贖わぬまま生き続ける。一生……。

聡介は湯呑みを摑んだ。意外にも、指先は確かで微かも震えていなかった。一息に飲み干す。舌が痺れるほど苦い。

「あ……あ、あ」

苦い。突き刺さるような苦さだ。聡介の手から湯呑みが滑って落ちた。

聡介が白目を剝く。そのまま、前のめりに倒れ込んだ。

煙が揺らぐ。おゑんが転がった湯呑みを拾い上げた。それから、もう一つの湯呑みを手に取り、飲み干す。

「ああ苦い。まさか、苦すぎて気を失ったんじゃないだろうねえ」

「まさか。てっきり毒薬を選んだと早とちりしたんでしょう。どちらも千振《せんぶり》の汁なのに」

老女末音が小さく笑った。

「でも、逃げなかった。自分の罪から逃げなかったじゃないか。末音、駕籠を呼んで、若旦那を駒形屋まで運んでもらっておくれ」

「心得ました。すぐに、手配いたします」

末音が頭を下げた。

四半刻の後、聡介は覚醒しないまま、駕籠に押し込められ、駒形屋へと帰っていった。

担ぎ棒の先で小田原提灯《おだわらぢょうちん》の明かりが揺れる。揺れながら遠ざかっていく。

おゑんと末音は並んでその明かりを見送った。いや、おゑんの後ろにもう一人――。

「お春さん」

おゑんが振り返る。

「ほんとに、これでよかったんですね」

お春はおゑんの目を見詰め、はっきりとうなずいた。

「ええ、もう何も言うことはありません。だけど、若旦那もあの骨箱の中に赤子の産着が入っていたとは夢にも思わなかったでしょうね」

この世で、ついに生きることのなかった赤ん坊のためお春が拵えた産着だ。男か女か定かでないその子に、お春は自分の名を付けた。今度また、自分の許に生まれてくるようにと。

「夜気は身体に障ります。中に入りましょう」

おゑんが促す。お春は、ええと短く答えた。

「お春さん」

「はい」

「これから、どうします」

「これから……新しい働き口を見つけるつもりです。一人で生きていけるように」

末音がおゑんをちらりと見やる。おゑんは鬢の毛をそっと掻きあげた。

「お春さん、あたしの所で働く気はないかしらね」

「え？　あたしが、ここで」

「ええ。赤ん坊の世話をしてくれる女手が欲しいと、かねがね思ってたんですよ」

「赤ん坊、ですか」

「ええ、あたしの所では人に知られず生まれてくる赤ん坊がいるんですよ。わけあって、母親も父親も育てることができない赤ん坊たちをここで大きくしながら、里親を探す。それも、あたしの仕事の一つです。その赤ん坊たちの世話を、あなたに頼みたいのだけれど」

お春は目を見開いたまま、おゑんの話を聞いていた。一言も聞き逃すまいという風に張り詰めた眼差しをしていた。

「あたしで……務まりますか」

「十分ですよ。襁褓を換えて貰《もら》い乳をしてと、なかなかに大変な仕事ではありますが」

お春は身体を強張らせたまま、ぎこちない辞儀を繰り返した。

「やらせてください。是非、お願い致します」

おゑんと末音は目を合わせ、どちらからともなくうなずいた。

風が吹き、竹が鳴る。潮騒に似た音が、闇の中に佇む三人の女を柔らかく包み込んだ。

空蟬《うつせみ》の人

一

おゑんは、夜道を歩いていた。

夜道を歩くのには慣れている。

夏の盛りのこの時季、真昼の通りを歩くのは暑過ぎるし眩《まぶ》し過ぎる。

日にちりちりと焼かれた肌は、褐色にならないかわりにいつまでも疼《うず》いた。光を照り返す白い道も、弾《はじ》け煌《きら》めく水面も、見詰めていると眼の芯が鈍く痛む。

母の血だろう。

母には遠国《えんごく》の血が流れていた。髪も眸《め》も肌も色が薄く、強い日の光を何より厭《いと》うていた。いつもきっちりと結いあげていた髷《まげ》は艶《つや》やかであるのに、光を吸い込みさらに輝く黒髪の強靭《きょうじん》さをついに持ちえぬままだった。

提灯《ちょうちん》が揺れる。

「江戸の夜道は物騒《ぶっそう》だ。供を一人つけましょうかね」

「いえ、けっこうですよ。提灯一つ、あれば十分です」

「相変わらずですなあ、おゑんさん」

高麗屋《こうらいや》の主人茂三郎《もさぶろう》とのやりとりが思い出される。その柔和な顔が浮かんでくる。垂れた目尻も、膨らんだ頬《ほお》も、大きな耳朶《じだ》も絵に描いたような福相で、この男に裃《かみしも》を着せ、小槌《こづち》を持たせ床の間にでも鎮座させれば、そのまま福の神で通るようだ。もっとも、茂三郎はその面相とは似ても似つかぬ辣腕《らつわん》の商人で、一筋縄ではいかぬ剛の者でもある。

「お気をつけなさい。江戸の夜を跋扈《ばっこ》するのは魑魅魍魎《ちみもうりょう》だけじゃない。物の怪《もののけ》よりずっと物騒な人間たちがうじゃうじゃ蠢《うごめ》いていますからねえ」

相変わらずですなあ、おゐんさんと苦笑した後、茂三郎は生真面目《きまじめ》に顔を引き締めそう忠告してくれた。この身を案じての一言とわかってはいたが、おゐんは思わず笑ってしまった。

「何です？　何がおかしいんですかな」

「これは、ご無礼を。ごめんなさいよ、高麗屋さん。つい……」

「だから何がおかしいんです」

「いえ、それは」

「言いなさいよ。半端に黙り込むのは、おまえさんらしくない」

「そうですか。いえね、物の怪より物騒な人間って、もしかしたら高麗屋さんのことかもって、ふっと考えちまって。そしたら、何だかおかしくて」

袂《たもと》で口を押さえる。

「それは確かに無礼だな。わたしのどこが物の怪より物騒なのか、聞かせてもらいたいもんだ。ぜひにね」

「まぁそれは、言わぬが花でしょうよ」

「まったく、このごろとみに毒舌に磨きがかかったんじゃないか」

茂三郎は口をへの字に歪《ゆが》めた。歪めてみせただけだ。別段、気を悪くしたわけでも、腹を立てているわけでもない。女の戯言《ざれごと》に一々、気を荒立てるような小物ではないのだ。それを承知しているからこそ、おゑんも平気で言いたいことを口にできる。

「ともかく、気をつけてお帰りなさいよ。帰り道でおまえさんに何かあったら、わたしの寝付きが悪くなる」

「おや、あたしのことをそれほど気に掛けてくださるんで？」

「今夜だけですよ。わたしが木戸の閉まろうかという刻《とき》まで引き止めたんだからね。明日の朝、おまえさんが物盗りにぶすりと殺《や》られた格好で竪川《たてかわ》にでも浮いてたら、三日は後味が悪いじゃないか」

「まぁまぁ、たった三日とは薄情だこと。せめて、初七日までは覚えておいてもらいたいもんですねえ」

茂三郎とおゑんは顔を見合わせ、小さな笑い声をたてた。

高麗屋茂三郎とは、かれこれ二年、いや三年近くの付き合いになる。

本所亀沢町《ほんじょかめざわちょう》の札差《ふださし》と闇医者と呼ばれる女を結びつけたのは、ごくありきたりの次第だった。おゑんが借りた竹林の家が、高麗屋の持ち物だったのだ。つまり、高麗屋は家主、おゑんは店子《たなこ》という関係になる。

竹林の家は、茂三郎が女を囲うために建てた。外から見れば、とりたてて目立つところのないしもた屋だが、内側は広く、五つもの座敷が設《しつら》えてある。贅沢《ぜいたく》好きだった女のためにと、竹林の中には離れまで拵《こしら》えてあった。

お蔦《つた》というその女のことをおゑんは知らない。若い職人と手に手を取って遁走《とんそう》したのだと聞いた。

「いやはや、あれで女には懲《こ》りましたな。高麗屋茂三郎ともあろう者が二十歳《はたち》そこそこの女に手玉に取られるとはねえ。まったくもって、お蔦は、わたしの生涯の恥だよ」

「女に懲りたのに、また、女のあたしにあの家を貸してくださるんで？」

「お貸ししますよ。お蔦がいなくなれば用なしの家だ。けっこう造作《ぞうさく》に金を掛けましたからな、取り壊すのは惜しい気がしないでもなし、です」

「ええ、良いお家ですよ。静かで、風の通りがよくて、夏も過ごしやすいでしょうよ」

「お蔦もそう言ってましたな。風の通りも、竹林の音も、何もかも気に入ったと。それなのにねえ……。まったくもって恥ずかしい。このごろ、夢に出るんですよ」

「その、お蔦さんって女《ひと》が？」

「死んだ女房ですよ。お蔦を囲って間もなく亡くなったんですが、その女房が夢に出て来て、それみたことかと嗤《わら》うんですよ。まったく、女ってのはつくづく厄介で底知れない生き物だと思い知りましたな」

「男も同じ、厄介な生き物ですよ」

「底は知れてますが、ね」

「ええ」

知り合ったころ、茂三郎とそんな言葉を交わした。

茂三郎はおゑんの身元をほとんど詮索《せんさく》しなかった。店賃《たなちん》さえきちんと納めてくれるなら、好きに使えばいいとさえ言い切った。

その店賃も離れ付きの一軒家の代金としては、驚くほど安い。高麗屋の身代《しんだい》からすれば、家一軒の店賃など高かろうが安かろうが、意に介するものではないのだろうが。

それにしても、あまりに条件が良過ぎた。見ず知らずの者に、何の見返りも求めず端金《はしたがね》で家を貸す。

善意？　気紛《きまぐ》れ？　それとも、お蔦に繋《つな》がるあの家を厭うてのことか？

いや、一代でここまでの身代を築いた商人が、そんなに甘いわけがない。

「そうですな。条件が一つだけあります」

茂三郎がそう切り出したとき、おゑんは僅かに身体を硬くした。やはりきたかと思った。まさか、お蔦のかわりに妾《めかけ》になれとは言うまいが、下心のある面倒事を押し付けられては堪《たま》らない。

おゑんは、竹林の家がたいそう気に入っていた。目立たぬ佇《たたず》まいにも、座敷の数にも、侘《わび》しげな風情《ふぜい》にも心を惹《ひ》かれている。できれば、すんなりと借り受けたい。けれど、高麗屋が貸し家と引き換えに無体な注文をつけるようなら諦《あきら》めるしかない。

おゑんが胸の内でそこまで考えたとき、茂三郎が言った。

「店賃は月々の晦日《みそか》。おまえさん自身に亀沢町まで納めに来てもらいましょうか。そのときに、わたしに一つ、話をしてもらいたい。それが、まあ、わたしからの条件ですな」

「話？　何のです？」

「おまえさんの仕事にまつわる話です」

あっと声を上げそうになった。

この男は、あたしの生業《なりわい》を知っているのか。

おゑんの表情をどう読んだのか、茂三郎は福相のままはたはたと手を振った。

「違います、違います。わたしは、おまえさんの仕事が何なのか知っちゃあいませんよ。というか、まるで見当がつかない。わたしも商人の端くれだ。客商売のおかげで、人を見る目だけは肥えているつもりですよ。一目見て、暫《しばら》く話をすれば、どういう人間かたいていは見当がつく。何を生業にしているのか、どういう暮らしをしているのか、歳の頃も、育ちも、人となりも……ええ、たいていは見当がつくもんです。たまには、外れもしますがね。その外れがお蔦だったわけですが、それはまあ、どこぞの戸棚に隠しておきましょう。要するに、おまえさんだけは」

そこで、茂三郎は目を細め、値踏みするようにおゑんを見た。

「まるで、見当がつかない。堅気ではあるが素人《しろうと》ではないようだ。かといって、花街の女ではないでしょう。遊び女にしては崩れた色香がなさ過ぎる」

「おや、酷《ひど》い言い方だこと。色気がなくて悪うござんしたね」

「ほら、それだ」

茂三郎はふっくらと丸い指をおゑんに向かって差し出した。

「そういう蓮《はす》っ葉《ぱ》な物言いをするくせに、立居振舞いは礼儀にのっとっている。かと思うと、眼つきが色っぽい。うーん、わかりませんな。武家の出なのか、根っからの町人なのか……まるで、わかりかねます。こんなこと初めてです。おゑんさん、おまえさんは実に不思議な、面白い方ですな」

「それで、あたしに話をしろと」

「そうですよ。作り話はだめです。本当の話を聞かせてください。わたしは、おまえさんの正体が知りたい。何者かつきとめたいんですよ。おまえさんの話をもとにしながら、ね」

「それなら、端《はな》からお聞きになったらどうです。おまえは何をして食ってるんだとね」

「それでは、まるで面白味に欠けるじゃありませんか。たまたま、目の前に正体のわからない不思議な女が現れた。ゆっくり、正体を暴いていくのは、なかなかに楽しい気がしましてな」

茂三郎はそこまで言うと、にやりと笑った。悪童のような笑みだった。

「ずい分、物好きな方ですねえ」

おゑんは半ば本気で呆《あき》れてしまう。高麗屋からすれば、おゑんなど何程の女でもあるまい。正体を知ったからといって、得にも益にもならないではないか。そんな女に拘《かか》わって、時を潰さねばならないほど、高麗屋は退屈しているのだろうか。現《うつつ》に倦《う》んでいるのだろうか。そうは見えないが。

「わたしは人が好きなんですよ」

おゑんの胸中を見透かしたかのように、茂三郎が言った。

「人ほど面白いものはありませんからな。狐《きつね》と狸《たぬき》の化かし合い、鴛鴦《おしどり》夫婦、猿真似《まね》、何でもするじゃないですか。ええ、面白い生き物ですよ」

おゑんは、竹林の家を借り受けることにした。毎月、晦日に高麗屋を訪れ、店賃を渡し、その月の話をする。そうやって三年近くが過ぎた。

茂三郎がおゑんの正体に気付いたかどうかは、わからない。おゑんの語りを、茂三郎はときおり短い相槌《あいづち》を打つだけで、ほぼ黙したまま聞き終えるのだ。たいていはそうだった。

この夜は珍しく、茂三郎がよもやま話を始めた。吉原の遊女に入れ上げて身代を潰した男の話だった。なかなかに面白くはあったけれど、そのせいで辞するのがいつもより一刻近く遅くなってしまった。

二

江戸の夜道は暗い。

闇《やみ》は底なしに深く思える。ときおり、遠く辻番の高張《たかはり》提灯の明かりが瞬くけれど、それは闇を照らすのではなく、周りの暗みをいっそう際立てる役目をしている。

魔の物、妖《あやか》し、物の怪、魑魅魍魎。

闇の中には、そんな異形が潜んでいる。堀端の柳の木陰に、掘割の水の下に、草むらに、海鼠壁《なまこかべ》の向こうに潜んで、こちらを窺《うかが》っている。こちら、人の世を見詰めているのだ。

月明かりもない夜道を提灯だけを頼りに歩いていると、その眼差《まなざ》しを感じてしまう。人ではない何かの気配が、闇からじわりと滲《にじ》み出てくる。

闇は優しい。

おゑんは思うのだ。

真昼の陽光より、夜の闇はずっとずっと優しいのだと。

日の光は全てを明らかにしようとする。全てを露《あらわ》にしようとする。眩しさで人の目を眩《くら》ませてしまう。

光に眩まされて、人は錯覚するのだ。この世のことごとくは人の物であると。人でないものは恐ろしく、おぞましいと。

異形を恐れ、異端を厭う。

錯覚だ。

闇に潜むものたちより、光の中で生きる人の方がよほど恐ろしい。おぞましく、厄介だ。

おそらく人は気が付いているのだ。自分たちの恐ろしさ、おぞましさにちゃんと気が付いている。そして、気付かぬ振りをしている。だから、闇を恐れるのだ。自分の身の内にある漆黒の闇に怖《お》じている。

おゑんは足を止め、夜空を見上げる。

さんざめく星たちが美しい。

地はまだ夏の盛りだけれど、空は既に秋の風情を漂わせている。

ふっと、笑いそうになった。

夜はこんなにも美しいのに、闇があるからこそ煌めくものもあるのに、知らぬ振りをしているなんて、もったいなさすぎる。

ほーう、ほーうと梟《ふくろう》が鳴いた。

おゑんは闇を引き寄せるように腕を胸に置いた。そして、また、歩き出す。

ほーう、ほーう。

ほーう、ほーう。

梟が鳴き続けている。

お気をつけなさい。

と、茂三郎は忠告してくれた。

江戸の闇には魑魅魍魎より物騒な者たちが跋扈しているのだからと、真顔で言った。あのしたたかな男は、人の正体を確かに見抜いているらしい。そうでなければ、あそこまでの商人にはなれまい。

二ツ目橋を渡り、本所林町《はやしちょう》を抜ける。ここからは、弥勒《みろく》寺と対馬《つしま》藩中屋敷に挟まれた道が続く。昼間でも薄暗く、どことなく陰気な場所だった。

夜な夜なこの道で女のすすり泣きが聞こえる。そんなうわさを耳にしたことがある。ある者は、ここでさる旗本の試し斬りに遭って果てた女の声だと言い、ある者は、許婚《いいなずけ》に捨てられ井戸に身を投げた娘が泣いているのだと実《まこと》しやかに語った。

おゑんは、湿った風の吹き通る道を、提灯だけを供に歩く。

幽霊など怖くはない。この世に残した怨《うら》みや未練に引《ひ》き摺《ず》られ、囚《とら》われ、成仏《じょうぶつ》できない魂を憐《あわ》れとは感じても、恐れる気はさらさら起こらなかった。

死んでまで何かに囚われているなんて、あまりに不憫《ふびん》ではないか。

ばさっ。

羽音がした。中屋敷の鬱蒼《うっそう》と茂った木々の間から鳥が飛び立つ。飛び立った直後、ゴアッと耳障りな啼声《ていせい》を響かせた。

五位鷺《ごいさぎ》だ。

この夜更けに、どこに何のために飛んで行ったのだろうか。

おゑんは再び足を止めた。塀に挟まれた道がようやく終わりになるあたりだった。

気配がする。

闇が微《かす》かに蠢く。

物の怪でも幽霊でもない。人の気配だ。

人か。人が闇に潜んでいるのか。だとしたら少し、厄介だ。かなり剣呑《けんのん》でもある。

おゑんは提灯の灯《ひ》を吹き消した。それが合図だったかのように、塀の陰からばらばらと数人の男たちが走り出た。

一人、二人、三人、四人……四人か。

「何者です」

小さく、しかし鋭く誰何《すいか》する。

男たちの動きは滑らかで、僅かな無駄もなかった。

素人ではない。町人でもない。ごろつきやならず者の類《たぐい》ではないのだ。

武士か？　それも、かなり手練《てだれ》の。

男たちは無言のまま、塀を背に立つおゑんを囲むように左右に広がった。

「人違いをなさっちゃ困りますね」

おゑんは静かに息を吐き出す。

「あたしは、ゑんという町医者でございますよ」

男たちもまた静かな気息《きそく》を繰り返していた。おゑんが名のっても動揺はない。

あたしを狙《ねら》ってここに潜んでいたってわけかい。だけど、何のために……。

武家とそう深く拘わった覚えはない。拘わりたいとは露《つゆ》ほども望んでいない。むしろ、できる限り避けたい。武家と繋がるなど、厄介事の巣窟《そうくつ》、蛇の巣に足を踏み入れるようなものだ。

「どちらのご家中《かちゅう》か存じませんが、こんな時刻に女一人を待ち伏せするのに四人がかりとはちと、大仰《おおぎょう》に過ぎますねえ。お腰の物が泣きますよ」

おゑんの言葉に男たちが一斉に身じろぎをした。四人と数を言い当てられたことに動揺したのだ。

「ふふ、お生憎《あいにく》さま。あたしは夜目が利きますのさ。梟なみにね。こうしていても、みなさまのお顔がはっきり見えますからね」

これは、はったりだ。男たちはみな闇に融《と》け、面容など何一つ明らかではない。

ただ、動きはわかる。人の気はわかる。相手の攻撃をかわし、逃れるだけならそれで十分だ。

さて、どこを破ろうか。

提灯を捨て、おゑんは僅かに身構える。

右から三番目の男の脇がやや甘い。まだ若いのか、他の者に比べて腕に自信がないのか、全身がぎこちなく強張《こわば》っている。

足を一歩、横に動かす。男たちも同じように足を踏み出した。おゑんは身を屈《かが》め、前に出る。三番目の男の傍らをすり抜ける。とっさに前を塞《ふさ》ごうと男が横に飛んだ。その脾腹《ひばら》に手刀《しゅとう》を叩《たた》き込む。

「むぐっ」

くぐもった呻《うめ》き声の後に、人の倒れる音が続いた。そのまま、走り去ろうとしたおゑんの正面に影が立つ。

速い。

思いの外、速い動きだ。

後ろにも回られた。

前に一人、後ろに二人。

前に立った男が低く笑った。

「さすが闇医者どの。闇の中でも自在に動けるとは恐れ入る」

おゑんは小さく舌打ちをした。

どうやら、魑魅魍魎より厄介な連中に捕まったらしい。待ち伏せの目的も理由も見当がつかない。見当がつかないから厄介なのだ。しかも、男たちはおゑんの生業を知っているのだ。知った上で闇に潜んでいた。

厄介だ、厄介この上ない。

「確かに、あたしは闇医者おゑんでござんす。そのあたしに、なんぞご用でございますか」

「同行してもらいたい所がある」

「どちらへ」

「それは、言えませぬ」

「なんのために」

「それもご容赦賜《たまわ》りたい」

「行き先もわけも告げず、同行しろと？　ずい分と無体な申されようでございますね。まるで道理が通りません。いくらお武家さまでも、少し無茶が過ぎますよ」

「無体も無茶も承知の上だ。おゑんどの、ご同行を願い奉《たてまつ》る」

男の物言いは慇懃《いんぎん》ではあったけれど、どこか冷ややかさを含んでいた。

気に食わない。

おゑんは、闇医者と呼ばれる立場がどんなものか百も承知している。正当な医師にかかれない女たちを診《み》る。闇に紛れおとなう女たちの話を聞き、診立てをし、治療する。

全て闇から闇へと葬《ほうむ》られ、光の下に晒《さら》されることはない。そういう生業を持つ己自身もまた、日の下を歩くに相応《ふさわ》しくないのかもしれない。そう考えたこともある。

けれど、日の下を歩けないからどうだというのだ。光が正しく闇が禍々《まがまが》しいと誰が決めたのか。いつの世にも、光と闇は混在して生きていた。どちらも等しく必要なのだ。

目の前の男の口吻《こうふん》には、おゑんを見下す響きがあった。夜に生きる者を侮蔑《ぶべつ》する色があった。

気に食わない。しかし……。

おゑんは目の前の闇と男を凝視する。

そこにあるはずもない壁を感じた。男は相当の遣《つか》い手《て》なのだろう。少なくとも、さっき脾腹に手刀をみまった男より数段腕が立つ。

後ろの二人にもまったく隙《すき》がなかった。

そう簡単に突破できる囲みではない。

「嫌だと言ったらどうなさるんですか。力尽くのおつもりなんですかね」

「まさに。本意ではございませんが、そうするしか術《すべ》がないようなら」

男の足が地を舐《な》めるように前に出る。小石を踏みしめる音が耳に届いてきた。

おゑんは肩の力を抜いた。相手に聞こえるように大きく息を吐き出す。

諦めた。

抗《あらが》ってもどうしようもない。それなら、諦め、流されてみるしかない。

仕方ない。諦めて、流されて、その上で生き残る方途《ほうと》を探る。

ここまで生きてきた年月が教えてくれた。

「わかりましたよ」

ため息の後、おゑんは胸を張り、よく通る声で言った。

「じたばたしても無駄なようですからね。ご一緒します」

「それは重畳《ちょうじょう》。こちらとしても、手荒い真似をせずに済ませられる」

「お武家さま。闇に隠れて女を待ち伏せする。それだけで十分、剣呑《けんのん》ではござんすよ」

皮肉を投げてみる。相手からは何の返答もなかった。目の前の男が軽く手を上げただけだった。闇がまた、動く。

「おや、駕籠《かご》ですか」

女用の駕籠だった。

「これに乗れと」

「いかにも」

男が膝を曲げる。同時に下からこぶしが突き出された。あっと思った瞬間、鳩尾《みぞおち》に衝撃が来た。

おゑんの意識はそこで途切れた。

三

駕籠が止まった。

しばらくの静寂《せいじゃく》の後、戸がゆっくりと開く。

「おゑんどの」

低い声がおゑんを呼んだ。

「起きていますよ」

おゑんは鳩尾を押さえ、軽く息を吐き出してみる。鈍い痛みがまだ、残っていた。

「おかげさまで、ゆっくり眠らせてもらいましたよ。あまり良い夢を見なかったのが残念でしたがね」

ちくりと当《あ》て言《こと》を口にしてみたけれど、相手は感情のこもらない声音で、

「ご無礼いたした。許されよ」

と、短い詫《わ》び言葉を返してきただけだった。

「どうぞ、お出《い》でなされませ」

促され腰を上げる。駕籠の中にいつまでしゃがんでいても仕方ない。

「お履き物をお脱ぎ下さいませ」

今度は女の声が聞こえた。

お脱ぎ下さいませ？

なぜ、脱がなければならない？

「あら……」

駕籠から出たとたん、おゑんは息を飲んだ。

座敷の中にいたのだ。

かなりの広さの座敷は四方に行灯《あんどん》が灯《とも》され、淡い光が辺りを照らしている。

ぼんやりと。

座敷の奥には御簾《みす》が下がり、その向こうでは、行灯が一際明るい光を放っていた。

駕籠は座敷の真ん中に止められている。

おゑんが降りると同時に、担ぎ手たちは一言の声も出さず、駕籠を持ち上げた。そのまま、座敷を出て行く。

その様子をおゑんは少し、呆れるような思いで見送っていた。

なんとまぁ、大袈裟《おおげさ》な。

そう笑いたくなる。

ここはおそらく、誰かの屋敷の奥まった一室なのだろう。そこまで駕籠を運び上げたのは、おゑんにここがどこなのかと、余計な詮索をさせないためだ。

詮索する気など、ない。おゑんの許《もと》を訪れる者はみな、人目を忍び、世間から隠れるように夜を選んでやってくる。偽名を使う者も、正体を明かさない者も大勢いた。

一向に構わない。

どう騙《だま》してくれても、何を黙っていても、結構だ。医者にとって肝心なのは、患者の身元や出自ではない。身分や財の多寡《たか》でもなかった。何をどう治療するか。それに尽きる。

黙っていて結構、ただし治療や手当てに差し障りのない範囲でならと条件がつく。

人の身体に貴賤《きせん》はない。病はどれほど高貴な方にも、地べたを這《は》いずって生きる下賤《げせん》の者にも等しく、襲いかかるものだ。

子を孕《はら》むのも同じ。

絹の褥《しとね》であろうと、朽ちかけた苫屋《とまや》の床であろうと男と女が目合《まぐわ》えば、女は腹に子を宿すかもしれない。御台所《みだいどころ》にも鋳掛屋《いかけや》の女房にも場末の女郎にだって言えることではないか。

詮索などしない。

馬鹿馬鹿しいだけだ。

「まったくね」

わざと蓮っ葉に、わざと音高く、舌打ちしてみる。

「ずい分とご大層なお迎えをしてくれると思ったら、えらい所に連れて来られちまったもんだ」

「お控えなさいませ」

おゑんの横で武家の奥方風に髷を結い、打ち掛けを纏《まと》った女が囁《ささや》いた。歳の頃は三十を幾つか出たあたりだろうか。行灯の明かりに浮かび上がった横顔は、どこか人形を思わせるほどに整っている。ただ、左の目尻に二つ並んだ黒子《ほくろ》があって、それが女に崩れた色香を与えていた。

「ここで、そのような口の利き方は控えなされませ」

「ここってのは、どこのことです。ここは、どこなんですかね」

「それは……言えませぬ」

「そちらが言えないなら、憚《はばか》りながらあたしから言わせてもらいますよ。女を夜道で待ち伏せして、有無を言わせず力尽くで連れ去る。これは、どう言い訳しても、勾引《かどわかし》じゃないですか。勾引の一味に、口の利き方をあれこれ言われたか、ありませんね」

女の眦《まなじり》が吊り上がる。そうすると、意外に下卑《げび》た顔つきが現れた。

「町人の分際で、何と無礼な」

女の身体がわなわなと震える。感情を抑制できない性質《たち》らしい。

ときに、こういう女に出会う。男にも出会う。尊大で自律ができず、相手を見下すことで自分の優位を保とうと躍起になる。

一番手に負えない輩《やから》だ。

うんざりする。

おゑんは横を向き、唇を嚙《か》んだ。

覚悟した以上の面倒事に巻き込まれてしまったか。

胸が悪くなる。冗談でなく本当に悪心《おしん》を覚えた。自分の寝床でゆっくり横になりたい。

「山路《やまじ》どの」

男が声を潜ませ、かぶりを振る。

「いいかげんになされ。ここで、おゐんどのと諍《いさか》われて何とする。お立場を考えられよ」

山路と呼ばれた女は口を引き結び、黙り込む。打ち掛けを摑《つか》んだ指が固く握りしめられていた。

「おゐんどの、ご立腹はもっともかと存ずる。しかし、これも抜き差しならぬ由あってのこと。ご寛恕《かんじょ》の上、どうか、我々の難儀をお救いいただきたい」

「どういうことです？　説明をしていただかないと、あたしには何にもわかりませんね。わからなきゃ、どうにも救いようがないじゃありませんか」

「それは、わたしから話しましょう」

柔らかな、しかしよく通る声がした。

座敷の空気が不意に張り詰める。

振り向いたおゐんの目に、御簾の向こうの人影が映る。

山路と男がひざまずく。おゐんは立ったままだった。

「これ、何という無礼な。御方さまの御前であるぞ」

山路が突き上げるような視線を向けてくる。

「どちらの御方さまでござんすか。あたしには主《あるじ》はおりませんので」

「まっ……」

「それに本気で話をする気があるのなら、本気であたしに助けを求めるなら、お人払いをお願いいたします」

「まっ、まっ、何を言うかと思えば……」

山路の顔は蒼白だった。引きつった白い面《おもて》は美しいだけに、凄味《すごみ》がある。

「お人払いをお願いします」

繰り返す。

それが忠臣であろうと侍女であろうと、他人が傍《そば》に侍《はべ》っていては、真実の話ができない。騙すのも黙するのも咎《とが》めはしないが、時により場合により、真実を話し、聞かなければ身動きできなくなる。

真実とは、紛《まが》い物を含まぬということだ。嘘《うそ》も隠しもなく、全てをさらけ出す。その気構えが要となる。相手にそれがなければ、いくらおゑんが足掻《あが》いてもどうにもならない。

これまでの経験から学んだことだ。

町人は、いざとなれば性根を据える。子のために、親のために、愛《いと》しい男や女のために、潔く自分を晒し、助けを請う。

しかし、武家はそうはいかない。目の前の御簾のように、幾つもの帳《とばり》を自分の心にかけている。それを引きはがすのは、とてつもなく難儀だし、ときに命懸けの仕事となる。

まっぴらごめんだね。

おゑんは心の内で肩を竦《すく》めていた。そして、この場からどう逃げ切るか、その算段を始めた。どう逃げ切るか、逃げ切れるか。さて。

「あい、わかった」

御簾の向こうに座る人物が僅かに身じろぎする。

「山路、曽我部《そかべ》、しばらく座を外せ。呼ぶまで近づかずともよい」

「御方さま、それはなりません」

山路が膝を進める。

「この者と二人になるなどと、あまりに」

「さがれ」

鞭打《むちう》つような物言いだった。山路が顎《あご》を引く。顔色がさらに白くなっている。

「早《はよ》う、さがれ。呼ぶまで来るでない」

曽我部が立ち上がった。

「山路どの、御方さまの仰せだ。我らは隣室に控えておりましょう」

「しかし……」

「山路どの」

曽我部の目がすっと細められた。それだけのことで、山路が押し黙る。黙ったまま立ち上がり、部屋を出て行く。出て行く間際、おゑんを睨《にら》みつけることは忘れなかった。

ふふ、なかなか根性のありそうなお姐《ねえ》さんじゃないか。

おゑんは山路に顔を向け、にやりと笑ってみせた。

襖《ふすま》が閉まり、座敷にはおゑんと女と闇と行灯の明かりだけが残った。

「おゑんどの、これでよいか」

「あたしの名前をご存じなんで」

「知っておる。今夜、おゑんどのをここに連れて来るよう命じたのは、わたしだ」

「ずい分と乱暴なやり方でね。あんな真似をしてまで、あたしに何の用事があるんです。あっ、話を聞く前に、そこから出て来てもらいましょうか」

「わたしに、御簾から出よと申すか」

「そうですよ。顔も見ないままじゃ、ろくにお話もできませんからね」

人は口だけで舌だけで、しゃべるのではない。目の動きが、頰のひくつきが、傾《かし》げた小首が、額に浮かぶ汗が、ときには言葉よりも雄弁に心の内を物語るのだ。

口惜《くや》しい、口惜しい。あぁこんなにも愛おしいよ。ちくしょう、あの野郎、絶対に許さない。早く早く、早くして。わたしはもう、駄目かもしれない。へへっ、ここでおさらばさ。このままで十分、幸せですよ。

言葉にしない、あるいはできない想いを汲《く》み取り、読み取るのも闇医者として生きる手立ての一つとなる。

御簾があっては、それができない。

本気の覚悟があるならば、取りはらえ。どれほどの身分か知らぬが、自分の足で一歩、こちらへ踏み出してこい。

そこから、じっくり話を始めよう。

おゑんは腰を下ろし、背筋を真《ま》っ直《す》ぐに立てた。この女がどうするか。いささか興味が湧く。闇医者風情に顔を見せろと言われ、この高貴な女は今、何を考えているのか。戸惑《とまど》っているか、迷っているか、憤っているか。

女が立ち上がった。御簾が揺れる。香の匂いが強くなる。衣《きぬ》ずれの音がした。

「これでよいか」

おゑんの前で、女が静かに膝を折った。

色白のほっそりした顔に仄《ほの》かに紅を差している。滑らかな肌をした優しげな女だった。

「よろしゅうございます」

おゑんは膝に手を置き、女を見詰めた。この女は本気だ。本気であたしに縋《すが》ろうとしている。それなら、致し方ない。あたしも本気で拘わるしかないんだ。

腹が決まれば、足掻くことはない。まずは聞こう。じっくりと耳を傾けよう。

「おゑんどの、鬼の子を堕《お》ろしてもらいたい」

女の声が微かに震えた。

四

「鬼の子？」

おゑんは女の顔を改めて見詰めた。

色が抜けるように白く、肌理《きめ》が細かい。行灯の明かりに照り映えた顔は、上質の陶器を思わせる。

これほど美しい肌の女を、おゑんは他に一人しか知らない。

安芸太夫《あきだゆう》。吉原随一と評判の花魁《おいらん》だった。

花魁と高貴な夫人と。

立場には天と地ほどにも差があるけれど、同じような天下一品の肌を持つ。もっとも、安芸太夫は妖艶《ようえん》な美女であったが、女の目鼻立ちはさほど整っているわけではない。少し垂れ気味の目尻も丸く小さな鼻も凡庸だ。ただ、ふっくらとした唇に、えも言われぬ色香と気品が漂っていた。

「鬼の子とは、どういう意味でござんすかね」

おゑんは女を見詰めたまま、問う。戸惑いはしないけれど、やや苛立《いらだ》ってはいた。謎掛《なぞか》けのような物言いをされても困る。遠回しな言い方や、持って回った話に真面目に付き合えるほど、暇ではないし気長でもない。

必要な話なら、一昼夜でもじっくりと聞く。その心組みはできている。だから、いらぬ小細工は無しにしてもらいたい。

「奥方さま……とお呼びしても、差し支えござんせんか」

「阿澄《あずみ》と申す。それが、わたしの名じゃ」

「では、これからは阿澄さまと呼ばせていただきますよ。よろしいですね」

「よい」

阿澄がうなずく。

「どのように呼んでも構わぬゆえ、おゑんどの、どうかわたしを救うてたもれ」

指が伸びて、おゑんの腕を摑んだ。

「この通り、伏して頼む。わたしを、わたしをこの辛苦《しんく》から助け出してたもれ」

阿澄。偽名ではあるまい。阿澄はおゑんを謀《はか》ろうとは僅かも思っていない。むろん、謎掛けを楽しんでいるわけでもない。そんな余裕はないのだ。ぎりぎりのところに追い込まれ、全てを晒しても、おゑんに縋ろうとしている。その必死の胸中が伝わってきた。

「もう少し、わかり易《やす》く話してもらいましょうか。鬼の子の意味をね」

「鬼の子とは鬼の子。わたしのここに」

阿澄は打ち掛けの上から自分の腹を押さえた。触れるのを恐れ厭うかのように、指先が震える。

「鬼の子が宿っておるのじゃ」

自分の口にした言葉のおぞましさに耐えきれぬという風に、阿澄は畳に手をつき、頭を垂れた。心なしか気息が乱れている。

「……てことは、阿澄さまは鬼と通じ合ったというわけですか」

身体を重ね、目合《まぐわ》わなければ子を孕むことはできない。犬でも猫でも人でも同じだ。男と女、雄と雌が身体を繋げたからこそ、女の腹に命が宿るのだ。

阿澄が顔を上げた。血の気を失った肌はさらに白く、さらに陶器に近くなる。

「わたしが望んだわけではない。あれは……あれは、不意にやって来て、わたしを……」

阿澄の喉《のど》がひゅうひゅうと鳴る。枯野を渡る風の音だ。

「わたしは望んでいない。鬼を呼んでもおらぬ。それなのに、それなのに、鬼が……なぜ、わたしを……こんな目に」

ひゅうひゅう。

ひゅうひゅう。

喉の奥で風が鳴り続ける。

阿澄の目尻が上がり、唇が白く見えるほど乾いてくる。視線が天井近くを彷徨《さまよ》う。

「落ち着いて」

おゑんは阿澄の手をとった。強く握りしめる。強く握ったまま、囁く。

ゆっくりと、低く、耳元に囁きかける。

不思議な声だと言われた。

澄んで美しいとはお世辞にも言えない。それなのに、柔らかく染みてくる。乾ききった大地を慈雨が潤すように、凍《い》てた草木を陽の光が包み込むように、人の心に染みて、潤し、包み込んでくる。

そんな声だと言われた。

「落ち着きなさいな、阿澄さま。あたしがついておりますよ。だいじょうぶ、何も心配はいりません」

阿澄の口が僅かに開き、そこから息が漏《も》れた。熱い吐息だ。阿澄の手も熱い。熱を持ち、微かに震え続ける。

「お話しなさいな。あたしが全て聞いたげますよ。そして、力になります。あなたの憂いを取り去って差し上げる」

「おゑんどの……」

「これを脱いで」

おゑんは、打ち掛けから阿澄の手を抜いた。こんな物を着込んでいてはだめだ。身体と心は深く結びついている。

打ち掛け、裃、羽織袴《はおりはかま》。それが豪華であればあるほど、着込むことで人は心を鎧《よろ》ってしまう。心を見せないために、装うのかもしれない。それを否《いな》むつもりはさらさらないが、治療の邪魔にはなる。

だから、さっ、お脱ぎなさいな。打ち掛けと一緒に、羽織袴、裃と一緒に、凝り固まった虚栄も体裁も全部、脱ぎ捨てて、力を抜いて、あたしに身を委《ゆだ》ねて楽になりなさい。楽になりなさい。楽になりなさい。

おゑんは患者に囁き続ける。患者が余計なもの一切を捨てるまで。

阿澄がまた、吐息を漏らす。

おゑんは手を伸ばし、阿澄の帯をすばやく解いた。阿澄はほんの少し身じろぎしたけれど、抗いはしなかった。

「帯も」

金糸銀糸《きんしぎんし》で彩られた帯が解け、畳の上に広がる。死にかけた美しい蛇のように横たわる。

おゑんの手は止まらない。

腰紐《こしひも》を解き、小袖《こそで》を脱がせる。瞬く間に、阿澄は白絹の下着一枚の姿となった。

これでいい。

おゑんは手のひらでそっと、背中を撫《な》でる。

豊かな肉の感触が伝わってくる。下着を通してさえ、汗ばんだ身体の熱さが感じられるのだ。陶器の肌は陶器の冷たさではなく、人の肉体の火照《ほて》りを有していた。直《じか》に触れれば、手のひらに吸い付いてくるだろう。肌そのものが喘《あえ》ぐように波打つのだろう。

この女は……。

おゑんは軽く唇を結んだ。

この女は、一流の娼婦《しょうふ》ではないか。

あの安芸太夫と同じだ。肌だけでなく、同じ身体をしている。交わった者を虜《とりこ》にしてしまう。希有《けう》な娼婦の身体だ。

「わちきには、この吉原が何より相応しい場所でありんす」

安芸太夫は言った。

「ここより他に生きる場所はありんせん。ならば、ここで生きるのみ。おゑんさん、そうでありんすな」

それは、定めに負けた女の諦言《ていげん》ではなく、定めを自分の手で受け止め、拓《ひら》いていこうとする決意の言葉だった。

娼婦の身体を持つ女は、強靭で気高い思いを秘めた者でもあった。

さて、この女はどうだろうか。

背中を撫で続ける。

脱いでおしまいな。余計なもの、余分なもの一つ残らず捨てておしまいな。

着物や帯は他人の手で解けても、心を解くのは自分しかできない。己を楽に、本当の意味で楽にできるのは、己一人なのだ。

「あたしの言うことがわかりますか。だいじょうぶですよ。もう、だいじょうぶです。憂いも苦痛も、あたしが取り去ってあげますからね。ご安心なさいな」

「おゑんどの……」

「息を吸って、ゆっくりと……。息を吐いて、もっとゆっくりと……、そう、そうですよ。もう一度、阿澄さま」

囁く。おゑんが囁く度に阿澄の耳たぶに朱が増す。それは頬にも目元にも、静かに広がっていった。

阿澄が目を閉じる。大きく息を吸う。そして、吐く。

「おまえさんは恐ろしい方ですなあ」

茂三郎がしみじみと呟《つぶや》いたことがある。

「人の内にあることごとくを引き摺り出す手管《てくだ》をお持ちだ。伴天連《バテレン》の手妻遣《てづまづか》いのようでありますな。わたしなど、怖じけづいてしまいますよ。あぁ恐ろしい、とね」

「あたしの手管も、高麗屋さんにだけは効かないようですけどね」

苦笑いしながら、適当に受け流しておいた。人の内を覗《のぞ》きたいなどと微塵《みじん》も思わない。茂三郎のように、〝人〟という生き物にさほど、興味も好奇の心も湧かない。

知らなければ前に進めないから、知ろうとしているだけだ。闇医者が人の闇に踏み込まずに治療することはできない。真冬の闇より凍てて、夜明け前の闇よりさらに暗い。そんな人の闇におゑんは踏み込んで行く。

「おゑんどの」

不意に阿澄がおゑんの胸にしなだれかかってきた。乳房が強く押し付けられる。手が伸び、おゑんの乳を求めるように動く。好きなようにさせていた。何も咎めない。何も拒まない。治療はそこから始まる。阿澄は身体をさらに擦《す》り寄せ、喉を鳴らす。

「お願い、あたしを助けて。あいつが……あいつが、また、現れたんだ。あたしを餌《えさ》にしようとしてるんだ。助けてお願い。あたしをあいつから救って……」

くらりと語調が変わった。どこか甘えを含んだ町娘の物言いだ。

「怖いの。とっても、怖いの。あたし、また、あいつに食われちゃうよ」

「あいつってのは、鬼のことかい」

阿澄の身体が震える。

「そう、鬼。あたしを食らいに来た鬼。どこかに行ったと思っていたのに。もう二度と、現れないって思ったのに……」

「その鬼に最初に出会ったのは、いつだったか、どこでだったか覚えてるね」

阿澄が目を閉じたまま、うなずく。

「……覚えてる。忘れたりできないもの……。忘れようとしたの。忘れなきゃいけないって、おっかさんが言ったから……。だから、忘れてたのに、もう忘れちまったと思ってたのに。でも、違った。あたし、忘れたりできない。いつまでもいつまでも覚えてる」

おゑんは指に力を込め、阿澄の肩を抱いた。

「よし、わかった。じゃあ、あたしが忘れさせてあげる。阿澄のところに二度と、鬼が来ないようにしてあげる」

「ほんとに？　ほんとに、おゑんさん」

「あたしを呼んだのは阿澄だろう。だったら、あたしを信じなよ」

阿澄の顎を指で摘《つま》み、上を向かせる。笑いかける。自信に満ちた笑みだ。

阿澄の目から涙が零《こぼ》れた。

安堵《あんど》の涙だ。

「さっ、じゃあ、心を落ち着けてお話し。あんたが最初に鬼に出会ったのは、いつのことだい。焦らないでいいから、聞かせておくれ」

阿澄が再び目を閉じた。指はまだ、おゑんの乳を握ったままだ。

「あれは、あたしが十の秋だった」

五

あたし、遊んでいたの。

四人で。

おしのちゃんと、元助《げんすけ》ちゃんと、豊蔵《とよぞう》ちゃんと、あたし。

四人は仲良しなの。いつも、一緒に遊んでた。鬼ごっことか、かくれんぼとか、押しくらべとか。

あの日も神社の境内で、みんなと団栗《どんぐり》を拾ってた。あたしたちが住む長屋のすぐ近くにある小さな神社で、あたしたち、しょっちゅうそこで遊んでいたの。

団栗がいっぱい落ちていて、あたし、袂が重くなるほど拾って、時々、投げ合いっこなんかして……。そしたら、元助ちゃんの投げた団栗が、おしのちゃんの目の上に当たって、血が出たの。そんなにたくさんじゃなかったけど、おしのちゃん泣き出しちゃって。

おしのちゃん、ちょっと泣き虫なんだ。いつも、泣いてるの。

おしのちゃんがいつまでも泣きやまないものだから、豊蔵ちゃんがつまんないって、遊ぶのやめにして家に帰るって言い出して、みんな帰っちゃったの。もう夕方だったし、あたしもみんなと一緒に帰るつもりだった。

でも、帰ろうとしたら袂から、団栗が零れて落ちて、あたしがそれを拾い集めている間に、みんな帰っちゃって。

あの時、団栗が落ちなかったら、あたしが一人、神社に残らなかったら、鬼に出会わずにすんだかもしれない。あの時、みんなと一緒に帰ってさえいれば……。

鬼は待っていたんだと思う。

あたしが一人になるのを物陰に隠れて、じっと待っていたんだ。

鬼って、ずるがしこくて用心深いやつなんだから。兎《うさぎ》の赤ん坊を狙う狐みたいに、あたしの様子を窺っていた。あたしはそれに気が付かなくて、ただ、夢中で団栗を拾っていた。

息の音が聞こえたんだ。

荒い息の音が。

ううん、人じゃなかった。獣でもなかった。あれは、鬼の息の音だった。

臭いもした。

生臭くて、胸が悪くなるような臭い。あれも鬼の臭いだ。あたしは、忘れない。あの息の音、あの臭いを忘れることなんかできない。

あたしは振り返らなかった。振り向くことなんか、できなかった。

鬼だって、わかったから。どうしてだかはわからないけれど、あたしはすぐ後ろに鬼がいることに、もう逃げられないことに気が付いてしまった。

声を上げることさえ、できなかった。身体は石みたいに硬くなって、指一本動かせなかった。鬼の毒気《どっき》にあてられたからだ。

鬼は荒い息を吐きながら、あたしを抱き上げた。口を塞ぎ、腋《わき》に抱え、走り出した。あたしは半ば気を失い、怖いとも苦しいとも感じなかった。それも、鬼の毒気のせいだろうか。


鬼に食われてしまう。

鬼に食われてしまう。

鬼に食われてしまう。

痺《しび》れた頭の中をそれだけが、ぐるぐると回っていた。

ふと気が付くと、とても暗い場所にいた。暗くて何も見えない。湿った土の臭いがとても濃く漂っていた。鬼は大きな口を開けていた。尖《とが》った爪《つめ》であたしの着物を引き裂いた。湯みたいに熱い涎《よだれ》を垂らしていた。熱い涎が、あたしのお腹の上にぽたぽたと滴《したた》ってきた。

鬼が笑った。

ぐふぐふぐふ、ぐふぐふぐふ。

あたしを食べられるのを喜んでいる。喜びに喉を震わせている。歯をかちかちと鳴らしている。あたしが覚えているのは、そこまで。そこまでで、何もわからなくなった。

気が付いたとき、すぐ目の前におっかさんの顔があった。泣き顔だった。おっかさんは泣きながら「おすみ、おすみ」ってあたしの名前を呼んでいた。

「おっかさん、鬼が……」

鬼が来たんだよ。あたし、鬼に食べられそうになったんだよ。

そう言おうとしたけど、言えなかった。おっかさんが泣きながら、何度も首を横に振ったから。

「いいんだよ、おすみ。何も言わなくていいんだよ。忘れておしまい。何もかも全部、忘れなきゃいけないんだ。なに直《じき》に、忘れられるよ。ほら、もう、大丈夫だから。もう怖いことはないからね。きれいに忘れられるからね。大丈夫だから、大丈夫だから」

大丈夫だから、大丈夫だから。

おっかさんが繰り返す。

あたしは少し、ううん、とっても安心したの。もう鬼は来ないんだ、二度と来ないんだ。もう大丈夫だって、安心したの。

あたしはその日から熱を出して、十日近く寝付いてしまった。やっと、起き上がれるようになってすぐに、おとっつぁんとおっかさんは、あたしを連れて他の長屋に引っ越してしまった。おしのちゃんたちに「さよなら」も言えないままだった。

阿澄はそこで大きく息を吐いた。背中にびっしょり汗をかいていた。

おゑんはその背中をゆっくりと撫でる。

「それで、どうしました。もう少し、お話を続けられますか」

ゆっくりと、ゆっくりと、撫でる。撫でながら、手のひらに力を込めていく。硬く張り詰めた背中を揉《も》みほぐしていく。硬直していた身体が徐々に柔らかさを取り戻す。

「気持ちがいい」

阿澄が吐息を漏らした。

「もっと続けてたもれ」

「よろしゅうございますとも。いつまでも揉んで差し上げましょう」

もう一度、阿澄はより深い、より長い息を吐き出した。

十五のとき、伝手《つて》を頼ってさる武家の屋敷に奉公に出た。台所の下働きだ。陰日向《かげひなた》なく働くおすみは奥方に気に入られ、身の周りの世話を言い付けられた。

おすみの器量は十人並みだが、生来の色香を隠し持つ希有な資質を、奥方は早くから見抜いていたらしい。

十七の歳に、この武家の養女となった。おすみの知らぬ間に決められていた。後に、両親にはかなりの金子《きんす》が支払われたこと、母は泣き叫んで拒んだけれど、父が承諾したことを知った。父と母は、その金で品川宿《しながわしゅく》に小さな料理屋を開いたとも聞いた。

風の便りに過ぎないけれど。

おすみは奥方から、行儀作法はもとより、茶道、華道、琴、書、歌……と、さまざまに手解《てほど》きされ、立居振舞いの一つ一つを厳しく教え込まれた。

鞭で打たれながら習い覚える日々に、何度も逃げ出そうとした。その度に思いとどまったのは、屋敷を飛び出せば、路頭に迷うしかないからだ。帰るための家は江戸から消えてしまった。踏みとどまるより他に、おすみに道は残されていなかった。

そして、十九のとき、この武家が仕える大名の側妾《そくしょう》に召された。端から、おすみを主に差し出すつもりでの養子縁組だったと気付きはしたが、今さら抗う気にはなれなかった。

流れるままに、流されるままに。

鬼の来ないところなら、どこでもいい。

思いを胸の底深く押し込んで、おすみは阿澄となり、ここまで生きてきた。


「けれど、鬼が現れた」

おゑんの言葉に、阿澄の身体が揺れた。

「十の歳に、おまえさまを食おうとした鬼が、また現れたと？」

「そうじゃ」

阿澄は身体を起こし、おゑんを見上げる。

「二十年経って、また、鬼が現れた。不意にじゃ……不意に現れた。しかも、今度は毎夜じゃ。毎夜、毎夜、現れ、わたしを責めさいなむ。食らうならいっそ、ひと思いに肉を裂き、骨を砕いて食うてしまえばいいものを、鬼は、ただ、わたしを嬲《なぶ》り、玩《もてあそ》ぶだけじゃ。そして、そして……わたしは、鬼の子を孕んだ」

「なぜ、鬼の子と思われます。人の子であるやもしれませんよ」

「それは、ない」

「なぜ」

「殿は昨年、国許《くにもと》にお戻りあそばした。わたしの腹におるのは、殿のお子ではない」

おゑんは、静かに息を吐いた。

まだ見えない。

阿澄の話に嘘はないだろう。しかし、真実でもない。おゑんに、そして、おそらく阿澄本人にも見えていない何かがある。まだ、見えてこない何かがあるはずだ。

「阿澄さまは、お子を産んだことがおありか」

「子はおる。生松《おいまつ》という」

「お年は」

「六歳じゃ」

「お健《すこ》やかにお育ちか」

「生松は、生来頑強でさしたる病に罹《かか》ったことはない。利発な良い子じゃ」

阿澄の声音がほんの少し緩んだ。母親の声、母親の口吻《くちぶり》だった。

「鬼はどのように現れました。十のときと同じように、後ろからですか」

「……ちがう。あれは寝所《しんじょ》に忍び入ってきた。知らぬ間に……わたしの床のすぐ近くにうずくまっておったのじゃ」

「けれど、寝所の近くにはお女中が寝ずの番をしておりましょう？」

「鬼じゃもの。鬼じゃもの。誰の目にも触れず、寝所に忍び込むなど、なにほどのこともあるまい、人ではない鬼なのじゃ」

阿澄が片手で額を押さえた。低く、呻く。

「阿澄さま、どうされました」

「頭が痛い。頭の芯が絞られるようじゃ」

「ご無理をなさいますな。少し、横になられますか」

「おゑんどの」

阿澄はまた、縋るようにおゑんを見上げる。

「わたしを救うてたも。この子を、鬼の子を腹から掻き出して欲しいのじゃ」

「そう簡単には参りませんよ。子を堕胎《だたい》するのは、産むよりもずっと危のうございます。命懸けのことになるのですよ」

「構わぬ。鬼の子など、おぞましい。鬼の子を産むはさらに、おぞましい。わたしは嫌じゃ。そのようなこと、耐えられぬ」

「鬼の子ではありませぬよ」

おゑんの言葉に、阿澄の目が見開かれた。

「なんと……、なんと申した」

「鬼は人を孕ませることなどできませぬ。阿澄さま、あたしの言うことをお信じくださいませ」

おゑんの言葉をとっさに解《げ》せなかったのだろう。阿澄の黒眸《くろめ》がうろつく。焦点を失った視線がぼんやりと、あたりを彷徨う。

「人の腹には人の子しか宿らぬのです。犬は犬を産み、魚は魚の卵を産む。人も同じです。阿澄さま、あなたのお腹におるは、人の子でございますよ」

「そんな、そんなことがあるものか」

阿澄が叫ぶ。悲鳴に似た甲高い声だった。

六

おゑんは、阿澄を強く抱き締めた。

「この腹に宿っておるのが、人の子だと申すか。この腹の子が……、ちがう、ちがう。あれは鬼だった。間違いなく鬼だった」

阿澄の身体がさらに熱く、さらに震える。

「阿澄さま、さっき、鬼は寝所にうずくまっていたと仰せでしたね。うずくまっていた鬼とやらはどうやって現れたのです。知らぬ間にそこにいたのですか。そして、子どものころと同じように、不意に襲いかかってきたのですか」

ひっという小さな悲鳴が阿澄の口から漏れた。おゑんの膝に顔を埋め、阿澄は身をよじった。

「嫌だ、嫌だ。鬼は怖い。鬼は嫌だ」

瞬く間に十の子どもに戻り、怯《おび》える。

この女の……。

おゑんは上質の白絹に包まれた背と、その絹よりも滑らかな首筋を見詰めた。

この女の心は壊れかかっている。こんなにも容易《たやす》く過去に引き戻される。いや、引き摺り戻される。

傷口が開いたのだ。

年月が、決して癒《い》えない傷の上に瘡蓋《かさぶた》を作り、何とか血の滲まぬまで回復させた。その瘡蓋をむしり取った者がいる。

傷は再び口を開け、血を流す。阿澄は痛みに、疼きに、恐怖に耐えられなかったのだ。

だから、十の子どもに戻る。

鬼の正体を知らなかったころに。

庇《かば》い、守ってくれる母親がいたころに。

傷口を塞ぐことができたころに。

戻ろうと足搔く。

おゑんは、大きく息を吸い吐き出した。それを三度繰り返し、気息を整える。

人はどこにも行けない。

後ろに戻ることも、先に飛ぶことも、できない。今を生きるしか術はないのだ。それをこの女に伝えねばならない。

「阿澄さま」

名を呼ぶ。

あなたはもう、おすみではなく阿澄なのです。十の女の子ではなく、子を孕むことのできる女なのです。

「お答えなさい」

手のひらで阿澄の背を打つ。豊かな肉に撥《は》ね返されるようだ。

「お答えなさい。鬼はどのように現れましたか。しゃがみ込んでいた鬼に、あなたはどうやって気が付いたのです」

阿澄の背中が波打つ。おゑんは、両の手で阿澄の顔を挟むと、そっと上向かせた。

首筋に指を這わせる。

「あなたは一人じゃない。あたしがいる」

耳朶《みみたぶ》の下に指をいれ、静かに力を込める。

「一人で鬼と戦わなくてもいいんですよ」

阿澄はおゑんのなすがままだった。おゑんに身体をあずけ、おゑんを見詰める。

「お話しなさい。あなたのことはあなたしかわからない。阿澄さまご自身が、話すしかないのです」

おゑんは、指先で阿澄の耳朶を摘む。柔らかな、とろりと融けてしまいそうな耳朶だった。阿澄が目を閉じる。半開きになった口から、微かな吐息が零れた。

「……寝所にいたのじゃ」

声は掠れ、震えを帯びていたけれど、大人のものだった。

「わたしは、いつも通り寝所に入ったのじゃ。勾当《こうとう》に身体を揉ませたのが効いたのか、珍しく直《じき》に寝入ることができた。ほんに、寝入りはあれほど安らかであったのに……。どのくらい眠ったか……夢を見た。いや、あれは夢などではなかったの……あれは……」

阿澄はまた、叫んだ。何かを追うように視線を漂わせる。

「ちがう、鬼はしゃがんでいたのではない。滴《したた》っておったのじゃ」

「滴る？」

「そうじゃ。思い出した。わたしは……見たのじゃ。鬼が現れるのを……。目を覚まして、確かに見た」

「どうして、目を覚まされたのです」

おゑんはわざと情のこもらない、平坦な声音で尋ねた。今、人の情はいらない。

「音を聞いたのじゃ。何かが滴る音を……。それで目が覚めた。そして、見た。染みを……。天井に黒い染みが広がって、広がって……やがてそれが滴り始めたのじゃ。雨粒のように一滴、一滴……あぁちがう、雨粒よりずっと粘っておった。あれは、雨ではなく……血、人の血のようであった」

血が滴る。

天井から黒い血がぽとりぽとりと、滴り落ちていく。

「わたしは、見ておった。滴った雫《しずく》が夜具の近くに溜まっていくのを、ただじっと見ておったのじゃ」

「声をお上げに、ならなかったのですね」

「上げられなかったのじゃ。目を閉じることも、声を上げることもできなんだ。ただ、見ていることしかできなんだ。血は次々に滴り、溜まり……」

ぽとり、ぽとり。

ぽとり、ぽとり。

血は次々と滴り、溜まり、やがて……。

「鬼が現れた。血溜まりから立ち上がって来た。最初は黒い影のようで……ただ、ゆらゆらと揺れておった。けれど、わたしには、わかった。鬼が現れたのだと。あの鬼がまた、わたしを苛《さいな》みに来たのだと……」

阿澄の気息が速くなる。しかし、口吻《くちぶり》はそう乱れなかった。

「影は鬼でしたか」

「鬼であった。あの秋と同じ鬼であった。鬼はわたしに向かって、ずるずると這《ほ》うてきた。ずるずると……。動けなかった。声も出なんだ。鬼じゃ、鬼じゃといくら叫んでも声にならず、指先さえ動かせなんだ。あれが、鬼の力……人を痺れさせ、動きを封じてしまう」

阿澄は動けない。

身体は指先まで痺れている。

鬼が来る。近づいてくる。

不思議な匂いがした。

鬼独特の生臭さではなく、もっと甘い、絡みついてくる匂いだった。

鬼が口を開ける。

舌が見えた。ぬめぬめと蠢く舌が確かに見えた。舌が蠢き、くぐもった声が聞こえた。

ようやっと、ようやっと……。

そう、聞こえた。

ようやっと、見つけたぞ。ようやっと、おまえを食らえるぞ。

阿澄にはそう聞こえた。

鬼がかぶさってくる。

爪と牙《きば》が鈍く光った。

阿澄の腹に鬼の涎が落ちる。熱い。そこから腹が融けて、臓腑がむき出しになりそうだ。鬼は舌なめずりする。その舌がそのままひゅるひゅると伸びて、阿澄の腹から太股《ふともも》を舐めた。涎が落ちる。

そこまでだった。

そこで阿澄は、何もかもわからなくなる。

闇の中に吸い込まれ、全てが消えた。

「気が付いたら、朝であった……」

「周りの様子はどうでした。夜具は乱れておりましたか。天井や畳に、染みは残っておりましたか」

阿澄がかぶりを振る。

「……何もなかった」

「何一つ、変わったことはなかったのですね」

「なかった」

おゑんは阿澄の身体を起こし、とり散らかった着物や帯をかき集めた。

「それは変ですね。何の跡も残っていないなんて、そんなことがあるでしょうか」

「鬼じゃもの。跡など残すわけがあるまい」

「鬼ならね、けれど人なら……」

人なら、必ず何かを残す。

「阿澄さま、あなたさまのお許しをいただかず、誰かが寝所に入ってくることはあり得ませんか」

「あり得ぬ。寝所の廊下にも隣の室にも寝ずの番がおる。その者の目を盗んで寝所に入ることは、誰にもできぬ」

「確かに……」

阿澄は諸侯の側室。しかも、男の子《おこ》を産んだ女だ。それほどの身分であれば、身の周りは幾重にも守られていよう。

賊が忍び入って、思うがままに玩ぶことなどできようはずがない。

「鬼じゃもの、鬼じゃもの。見張りも番も役に立つものか」

「阿澄さま、鬼はその夜から、毎夜現れるようになったのですね」

「……そうじゃ。あの夜から、わたしは恐ろしゅうて恐ろしゅうて、夜も眠れぬ。朝昼であろうと、鳥の鳴き声、人の足音にさえ怯えて、身が竦むのじゃ。しかも、しかも……鬼の子を孕んだと思えば、我が身のおぞましさに身の毛がよだつ。おぞましい、あぁ、ほんに何とおぞましい身か……」

「なぜ、子を孕んだとお思いか。ご無礼ながら、阿澄さまのお腹は少しも膨れてはおられませぬが」

「あれが……、月のものがないのじゃ」

「思い悩んでおられるからではございませぬか。血の道は、心によって、ときに遅れ、ときに止まりもいたしますが」

阿澄はかぶりを振った。その仕草に苛立ちがこもる。

「十五の歳から、わたしの月のものが止まったのは生松を身籠《みごも》ったときだけであった。だから、だから、今度も……そうなのじゃ。そうに決まっておる。おゑんどの」

阿澄がおゑんの腕を摑んだ。

「救うてたもれ。このおぞましい身を救うてたもれ。いっそ、自刃《じじん》して果てようかとも考えた。けれど、生松のことを思えば、それも叶《かな》わぬ。誰にも言えぬ。誰にも助けを求められぬ。このようなことが、殿のお耳にでも入れば……わたしだけではない、生松の身にも災いが及ぶ。あの子は殿のお子じゃ。それなのに、この母のせいで……」

母の涙だった。

阿澄の頰を涙が伝う。

「阿澄さま、御身《おんみ》をおぞましいと仰せなのは、子を孕んだからでございますか」

やはり、情のこもらない声でおゑんは問う。

阿澄の両眼が瞬き、涙が転がる。

「あなたをお助けいたします。ですから、本当のことを言うてくださいな。あなたは、何を一番、恐れておられます」

阿澄の喉が上下した。

「わたしは……おゑんどの、わたしは……」

「はい」

「……鬼を待っておるのだろうか……」

阿澄を見詰める。

頰に血の気が戻り、女の香が匂い立つ。

「鬼に食われる度に……恐ろしゅうてかなわぬのに、心が震える。身体の芯が疼いてたまらぬ。そして……鬼が欲しいと……思う。鬼に食われたいと……わたしが望んでおる。それがおぞましい。おぞましゅうてならぬ。それなのに、今夜も、わたしは……鬼を待つのであろうか……、わたしは……」

阿澄は大きく息を吸い、そのまま、おゑんの膝に倒れ込んだ。気を失ったのだ。

これは、ちっと厄介だね。

女の香に包まれ、おゑんは呟く。

七

おゑんが隣室に続く襖を開けると、山路が目の前に立ち塞がった。

「阿澄さまは、いかがなされた」

「お休みになっていらっしゃいますよ。ぐっすりとね。童《わらべ》のような寝顔をしておいでです」

後ろ手に襖を閉め、おゑんは口元だけで、仄かに笑ってみせた。

山路がちらりとおゑんを見上げる。目尻の黒子が蠢いた気がした。

顎を上げ、打ち掛けの裾《すそ》を引いて山路は、おゑんの傍らをすり抜けようとした。

「お待ちなさいな。どこに行こうってんです」

その腕を摑む。

「阿澄さまの許に決まっておろう。放しや。無礼者が」

苦笑してしまう。

「おまえさん、よくよく無礼者がお好きだねえ。そんなに尖ってちゃ、他人だけじゃなく自分も傷付けちまうよ。抜き身を振り回して生きているのと同じだからね」

「ま……」

山路の頬から血の気が引いていく。青白い頬がみるみる強張っていく。

「わたしを愚弄《ぐろう》するつもりか」

「そんな気はさらさらありませんね。あたしは、この部屋に入るのはよしなと言ってるだけですよ、山路さま」

「何ゆえじゃ。わたしは阿澄さまの御付《おつき》であるぞ。常にお傍に侍るのが役目じゃ。そなたのような者に、指図をされる謂《いわ》れはない」

山路の声が引きつる。おゑんは、わざと音高く舌打ちをしてみせた。

「おまえさんの役目は主にくっついてることじゃなくて、主を守り通すことじゃないんですか。阿澄さまは今、心安らかに眠ってるんだ。おそらく、久しく忘れていた安眠のはずですよ。そう……阿澄さまは何ヵ月かぶりにぐっすりと心置きなく眠ることができてるんだ。その眠りを妨げるのは、あたしが許さない。誰であろうとね」

山路と襖の間に身体を滑り込ませ、おゑんは背筋を伸ばした。上背のあるおゑんの身体がさらに高くなる。

「山路どの」

背後から曽我部が声をかける。

「おゑんどのの言われる通りだ。御方さまには、今しばらく静かにお休みいただくがよろしかろう」

山路が口の端を歪めた。美しく整っているだけに、僅かの歪みが面容の全てを崩してしまう。

「おゑんどの、御方さまは心安らかにお休みだと言われたな」

「ええ、よく眠っておられます。おそらく、朝までお目覚めはないでしょうよ」

「では、治られたのか。御方さまの心を乱していたものは、取り払われたのだな」

曽我部が身を乗り出してくる。

「まさか、そんなに簡単に解決できるようなことなら、わざわざ、あたしが呼ばれることはないでしょうよ。あたしが呼ばれたってことは……呼ばれたと言うより、無理やり連れて来られたんですけどね、それは、まあこだわらないでおきましょうか」

曽我部の顔には、どんな表情も浮かんでいなかった。少なくとも、おゑんには読み取れない。その視線はおゑんに向けられたまま、微動だにしない。

「あたしが呼ばれたってことは、阿澄さまのお腹の子を消してしまうってことでしょう。生半可なことじゃ、済みませんよ」

山路が眉《まゆ》を顰《ひそ》めた。

「何と下卑た言い方であるか。下賤の者はこれだから……」

おゑんは山路に顔を向け、かぶりを振った。

「山路さま、ここまできたらお覚悟を決めていただきますよ」

「覚悟とな？」

「このままじゃ、いつか、阿澄さまのお心は潰れてしまいます。それを止めるためには、お腹の子を始末するしかないでしょう。きれいごとを言ってちゃ何にもできやしません。ましてや、阿澄さまの行く末やお家の体面を考えれば、全て内密に進めなくちゃならない。下賤だの上品だのと、こだわる余裕はござんせんよ。そのお覚悟をしていただきたいと、あたしは申し上げてるんです」

「覚悟はとうにできておる」

曽我部が低く唸《うな》った。

「そうですか。それを聞いて、少し安心しました。では、これから先は、あたしの指示に従っていただきます。一々、身分だの見栄だの面目だのを引っ張り出して、口応えしないでもらいたいんです。いえ、口応えなど一切、許しません。あたしの言う通りに動いていただきますよ。そのお覚悟を、山路さま」

山路の青い頬に、血の気が上る。

唇が震えた。震える唇から、重い声が漏れる。

「大層な口の利き方であるな。たかだか、町医者、しかも、表立つこともできぬ身で、よくも武家の女に、そこまでの物言いができるものよ」

「その闇医者に縋って来られたのは、そちらでござんすよ」

おゑんは華やかな打ち掛けを纏った美貌の女を見据える。

「あたしに全てを任せていただきます。それをお約束いただかなければ、阿澄さまの治療はできかねます」

曽我部の顔に初めて情らしきものが動いた。それはたまゆら過《よぎ》っただけの影に過ぎず、安堵なのか、憐憫《れんびん》なのか、落胆なのか、やはり読み取れない。

「おゑんどの。御方さまはご本復《ほんぷく》なされるか」

「はい」

「確かか」

「闇医者おゑんは、一度引き受けた仕事は必ず成し遂げてみせます。お任せいただきましょう」

「……そうか。かたじけない。我らはこれから後《のち》、おゑんどのの、どのような指示にも従う。何なりとお申し付けくだされ」

「では、もう一つ約定《やくじょう》をいただきましょうか」

「どのような……」

「あたしの問うたことに、決して嘘は答えないこと」

束の間、静寂が訪れる。曽我部がゆっくりと首肯《しゅこう》した。

「わかり申した。お約束いたす」

「それは、結構。これでだいぶ仕事が楽になります。では……、まずはあれをちょいとお借りしますよ」

おゑんは螺鈿《らでん》の文机《ふづくえ》の前に座り、墨をすった。山路と曽我部の見守る中、上質の美濃紙に書き付ける。

墨の乾いたのを確かめて、素早く折り畳んだ。それを山路の前に差し出す。

「あたしの家に使いを出してくださいな。そこに末音《すえね》という老女がおります。その者に、書状に書いた道具を揃《そろ》えるように申し付けてください。そして、末音も一緒にここに運んでもらいましょう。そのように、ご手配をお願いいたします」

山路は短く息を吸い込み、絞り出すようにただ一言、「心得た」と、答えた。

書付を受け取り、部屋を出て行く。衣ずれの音が遠ざかると、おゑんは襖を背に座り、曽我部と向かい合った。

「曽我部さま、お聞きしたいことがあります」

「なんなりと」

「正直にお答えくださらねば、問う意味がございません。そのことをお心置きください」

「それがしが、おゑんどのを謀《たばか》ると言われるか。さきほど、嘘はつかぬと約束した。武士に二言はござらん」

おゑんは襟元《えりもと》を軽く指先でしごく。その指を膝にきっちりと重ねる。

「阿澄さまのお子、生松ぎみはご世嗣《せいし》であられるのですか」

「……いや。生松さまの上に二人の兄ぎみがおられる。みな、お腹は違うが……」

「では、ご世嗣については家中に波風が立っているわけでは、ないのですね」

「いや、それは……」

曽我部が口ごもる。そのまま黙り込む。

おゑんは放っておいた。相手の口を無理に抉《こ》じ開けても、真実は見えてこない。力尽くで奪った言葉に意味のあった例《ためし》はないのだ。

「ご世嗣であられる長松《ちょうまつ》ぎみは、御年《おんとし》八歳であるが、生来、蒲柳《ほりゅう》の質で……成人は難しかろうと言われており申す」

「なるほどね。ご世嗣がそういうことなら、当然、次の跡目の話が持ち上がりもする」

「いかにも。おゑんどの、有体《ありてい》に申す。今、家中はご次男の市松《いちまつ》ぎみを次のご世嗣に推す者と生松ぎみをいただく者と、真っ二つに分かれております。むろん、表立った動きはどちらにもござらん。長松ぎみがご存命でおられる間は、ことごとく水面下での諍《いさか》いとなりましょう。しかし、万が一長松ぎみがお隠れになれば……そのときは、一気に噴き出すやもしれませんな」

「一気にね……。何だか絵に描いたようなお家騒動になりそうですね。で、曽我部さまは、やはり生松派なんでござんすか」

　初めて曽我部が笑った。苦笑いだ。笑うと、目元あたりに溌剌《はつらつ》とした気が漂う。思いの外、若いのかもしれない。

「それがしは、阿澄さまのお傍に仕えるよう殿から命じられた者。それだけでござる。生松ぎみがご世嗣になろうとなるまいと、阿澄さまの身辺をお守りするのが役目と心得ております が」

「もう長いこと、お傍に？」

「二年足らずでござろうか。おゑんどの、それがしからも一つ、お尋ねしたい」

「ようござんすよ」

「阿澄さまのことと、ご世嗣の件。どこかで繋がっているとお考えなのか」

さて、どうだろう。

おゑんは首を傾げる。

鬼はまだ、闇の中にうずくまったままだ。正体を見定められない。

おゑんにわかっているのは、阿澄が疲れ果てていることだけだった。

心も身体も硬く凝り固まっていた。数奇な定めのもと、貧しい町人の娘から諸侯の側室となり、子まで生《な》した。女の双六《すごろく》があるのなら、見事な上がりと世間は言うだろう。しかし、上りつめたはずの女は心身を強張らせ、怯え、嘆き、疲れ果て、今にも崩れようとしている。

鬼の子を孕んだと信じる女を、鬼に食われる快楽を待ち望んでいる女を、己の身体の疼きに翻弄《ほんろう》される女を解き放つ。

定めから、過去から、己自身から。

さて、どういう手を打つか。

おゑんはしばし思案する。曽我部は元の無表情に戻り、おゑんを見詰めていた。

「曽我部さま」

「何でござる」

「曽我部さまは、阿澄さまをどうお思いか」

唐突な問い掛けだったが、曽我部は穏やかな声音で答えた。

「憐れなお方だと思いまする」

憐れ？　この男は主の妻を憐れんでいるのか。

おゑんはそっと吐息を漏らした。

八

おゑんは阿澄の寝所にいる。

阿澄は目を閉じ、静かな気息を繰り返している。

「阿澄さま、お身体の力を抜いてくださいな。楽になさって。そう……深く息を吸って、吐いて、そう……何も怖がることはありません。そう、お心を安らかに……」

ゆっくりと語りかける。

自分の声の効果のほどは、よく知っている。掠れて低いくせに甘美な声だと言われていた。聞いているうちに魂が奪われていくと口にした者までいた。

魂を奪うことは無理でも、乱れる心を僅かでも鎮《しず》める効はあるかもしれない。

阿澄の瞼《まぶた》が二度三度、痙攣《けいれん》するように震えた。しかし、すぐに動かなくなる。血の筋がうっすらと透けて見えた。それほど白い肌だ。

股《もも》の肌はさらに白い。

清らかとさえ、目に映る白だ。

肌理は細かくしっとりと潤っていた。

その奥に秘所がある。

触れれば仄かな火照りがある。

おゑんは阿澄の腹の上に手を置く。もう片方を秘所に滑り込ませる。消毒し香油を塗った指が火照りに包まれる。

「あ……」

阿澄は頬を上気させ、顔を横に向けた。末音がその鼻先に香油を染み込ませた布をそっとかざす。鎮静と弛緩《しかん》の効用のある香りだ。阿澄の鼻孔が微かに膨らんだ。

診立ては僅かな時間で終わった。

阿澄が起き上がり、小袖を身につける。

阿澄、末音、おゑん。

部屋には三人しかいなかった。御付の者は誰もいない。おゑんが拒んだのだ。

山路は抗った。

「御方さまに万が一のことがあらば、一大事でありますぞ。わたし一人なりと、お付きさせねばなりません」

「万が一のこととは、どういうことでござんすかね」

おゑんは山路を見下ろし、問いかける。

「それは、つまり……」

「あたしが阿澄さまに危害を加えるとでも案じておられるんですかね。それでしたら、見当違いも甚《はなは》だしいってもんですよ、山路さま。あたしは」

おゑんは胸を張り、続ける。

「医者でござんすからね。あたしの手で患者の命を危うくするような真似は、決していたしませんよ。どうぞ、ご安心ください」

おゑんの口振りに不遜《ふそん》な響きを感じたのか、山路は挑むように顎を上げた。

「どのようなときも、どのような場合も、御方さまに付き従うのがわたしの役目じゃ。ましてや、お身体に触る診立てであろう。わたしがお傍にいないと」

「ご遠慮、願います」

「何ゆえに、わたしを遠ざける」

「無用だからですよ」

山路の双眸《そうぼう》に、光が閃《ひらめ》いた。殺気に近い感情の火花だった。

「これから先、あたしたちがご寝所にいる間は、山路さまだけでなくどなたも無用です。何の助けにもならず、何の役にも立ちません。むしろ、障りになる。邪魔になる。そこのところをよくお考えの上で、忠義を通されませ」

「わたしを無用だと……」

山路が唸ったように、おゑんには聞こえた。

「あいわかった。しかし、おゑんどの、御方さまの御身に何かあらば、そのときはそなた一人の命で贖《あがな》えるものではありませぬぞ。よう、覚悟して事に当たられよ」

山路はそれだけを言い捨てると、打ち掛けの裾をひるがえし背を向けた。

露骨な脅し文句だ。

笑ってしまう。

おゑんは軽く肩を竦めていた。

山路だけを除こうとしたわけではない。自分と末音以外、本当に無用、不要なのだ。邪魔でお荷物にしかならないのだ。

言葉を尽くして説得する時間も気持ちもおゑんにはなかった。

それにしてもと、ため息が出る。

武家の女とは何と多くの無用なものに囲まれ、不要なものを背負っているのだろうか。

祖母も武家の娘だった。

江戸から遠く離れた北国の小藩を故郷に持つ。その地に流れ着いた異国の男と契り、母を産んだ。祖母の想いも、母の胸内《むなうち》も、祖父が何を秘めて生きたかも、おゑんは知らない。

知っているのは祖父から我が身へと伝えられた医術の心得だけだ。

むろん、それで十分。

他に望むものなどない。

ただ、ふと思うのだ。

祖母が武家の娘でなければ、その定めは違っていただろうかと。

北国の小藩の海辺には、昔から異国の男が、稀《まれ》に女が流れ着いたと聞く。流れ着いて間もなく息を引き取る者も、遺体となり海の彼方《かなた》に流れ去って行く者も、藩の役人に捕らえられ姿を消す者もいたけれど、中には、村の娘と夫婦《めおと》となり、子を生し、生涯を日の本で終えた者もいた。だから、北国のその辺りには異国の血を引く子どもたちがかなりいたのだ。長じて男の子たちは、堂々たる体軀の若者となり、戦国の世には一騎当千の兵として、華々しい戦功をあげたと言い伝えられてもいる。

祖母が武家でなく、町人の出であったら、漁師や商人や百姓の娘であったら、鳶色《とびいろ》の眸の男と契り子を産んだと追い詰められることはなかっただろうか。もっと大らかに、縛られることなく生きられたのだろうか。

おゑんはかぶりを振った。

考えても詮《せん》ないことを考えてどうする。来た道を引き返すのも、来《こ》し方《かた》を振り返るのも性に合わない。見据えるのは前だけだ。

おゑんが今考えるべきは、祖母を縛りつけていたものではなく、阿澄が何に縛られているか、だった。

「隣室にて控えておるのは、差し障りござらぬか」

曽我部が控え目な口調で尋ねてきた。

「構いませんよ。けど、あたしが呼ぶまでは中に入らないと、約束していただきます。よろしゅうござんすね」

「むろん。お約束いたす」

曽我部は一礼すると、隣室へと退いた。

おゑんは末音を助手に、阿澄の診立てを始めたのだった。

「いかがじゃ、おゑんどの」

「お診立てについては、後ほどお話しいたします。お身体の調子はいかがです。痛むところ、おかしく感じるところがございますか」

「いや……ない。なにやら、良い心持ちがした。香りに誘われてふと眠っていたほどだが。おゑんどの、あの香りは？」

「こちらに控えております末音は、香合わせの名人なんですよ。香油を混ぜ合わせて、人の心をほぐす香りを作りだします。作り方は秘密なのですけどね」

おゑんの後ろで、末音が頭を下げる。

「そうか。末音どのとやら、いろいろと世話になった。礼を申す」

「お礼などようございますよ。わたしはただ、おゑんさまの手伝いをしているだけでございますので」

末音は目を細め、若やいだ笑声《しょうせい》を上げた。

おゑんも末音も阿澄に手を差し出そうとはしなかった。

阿澄は起き上がり、小袖を纏い、鬢《びん》の毛を搔き上げる。手櫛《てぐし》で器用に、髪のほつれを直した。

「阿澄さまは何でもおできになるんですね」

「え？」

「お身の周りのことですよ。あたしも、たまにお偉い身分の方々を診ることがありますが、たいていの姫ぎみ、奥方さまは、おかしいほど何もできない……まぁ、させてもらえないんだから、できるわけがないんですがね。それこそご自分のお下《しも》さえ拭《ふ》けない姫ぎみを見ると、お気の毒を通り越して、滑稽《こっけい》だと感じたりもしますね」

「まあ」と、阿澄は笑った。

「お口の悪いこと。深窓の姫ぎみたちも、おゑんどのにかかったら形無しでありますなあ」

「さようでござんすか。でもね。自分で自分の下も拭けない、まんま一つ炊けない、そんな方々が生き残っていけるとお思いですか」

おゑんの言葉の意味が解せなかったのだろう。阿澄が首を傾げる。

「あたしはね、阿澄さま。こんな世がいつまでも続くとは思えないんですよ」

「こんな世とは……」

「何もできない、何もしようとしない人たちが大勢の御付にかしずかれて生きる。その人たちを生かすために、百姓や漁師や職人たちがろくに、まんまも食えない日々を送らなきゃいけない。そんな世の中のことですよ」

阿澄は瞬きし、しばらく、おゑんを見詰めた。白い喉が上下に動く。

「おゑんどの、わたしは……貧しい町人の娘であった。奉公にも出た。自分の口を自分で養わねばならなかったのだ。あのころのことを思えば……今は、夢のようである」

「はい。阿澄さまは、女の栄華を極められたと世間の人は言うでしょうね」

「であろうの。なのに、なぜ、鬼などにつけ入られるのであろうか。なぜ、この心が鬼を求めるのであろうか……。わからぬ、わたしには何もわからぬ」

「阿澄さま」

おゑんは阿澄ににじり寄る。

「鬼を恐れるのも、退治しようとやっきになるのも、男だけでござんすよ」

阿澄と視線が絡む。黒い艶やかな眸だ。

「女は鬼よりずっと強うござんすからね。鬼を恐れることなどないんですよ。ほれ」

阿澄の前に手のひらを広げる。それを左右に軽く振ってみる。

「このように、手のひらで転がしてやればいいんです。それだけのものですよ」

「鬼を手のひらで……か」

「はい。阿澄さまはどのように転がしたいとお望みです。消してしまいたいのか、自分のものにしたいのか。ぐちゃりと潰してしまうのか」

指を握り込む。阿澄が身震いをした。

「お心のままですよ。本気で生きている女に鬼などが太刀打《たちう》ちできるものですか。ねえ、阿澄さま。もう一度、お教えいたしましょう。女は鬼よりずっと強うござんすよ」

「おゑんどの……」

「ご自分をもうちっとお信じなされませ。信じなければ流されます。己を信じる杭《くい》を打ち込まねば、お下を拭くこともできぬ人形に堕ちてしまいますよ。それは、みすみす鬼の餌《え》食《じき》になるようなもの。阿澄さま。鬼に食われるのではない、鬼を食らうのです」

阿澄が静かに息を吐いた。

診立ては終わった。後はもう一手、詰めるだけだ。

九

阿澄は誰の手も借りず身拵えを終えた。

鏡の前に座り、髪に櫛を通す。

櫛にも鏡台にも見事な螺鈿の細工が施されている。

「おゑんどの」

「はい」

「わたしは、女子《おなご》とは流されて生きるものと思うておった」

「はい」

「病葉《わくらば》のようなものじゃ。あるいは、水面に散った花弁のような……ただ流れのままに流れていく。それしかないと思うておった。しかし、おゑんどのは、女は強いと言われる。鬼になど負けぬぐらいに、の」

「確かに申しました」

「とすれば、わたしもまた、強い者であったのであろうか。それに気づかぬままに流されてしもうたのか……」

「阿澄さまが流されたまま生きておいでとは、あたしには思えませんが」

阿澄の手が止まった。

櫛を置き、ゆっくりと振り向く。

黒眸《くろめ》が行灯の明かりを受けて、仄かに光を放っている。

その眸に真正面から向かい合う。

「流されて生きていると阿澄さまが思い込んでいるだけ、あるいは、思い込もうとしているだけ。そのように見受けました」

おゑんは膝を僅かに進める。阿澄が薄紅色の顎を、やはり僅かに引いた。

「お小さいときに鬼に襲われたのは、惨《むご》い災厄でございましたね。阿澄さま、いえ、おすみちゃんにはどうしようもない禍《わざわい》でございました。でも、その後は……」

阿澄が身体を回した。

衣《ころも》の裾が衣ずれの音をたてる。伽羅《きゃら》の微香が揺らめいた。

「その後は、どうだと？」

おゑんは胸の奥深く香りを吸い込む。

「伝手を頼って奉公に出たのも、奉公先の養女になったのも、側室にあがったのも、みなおすみさん自身が決めたこと。流されたのではなく、自ら行き先を決めて流れに飛び込んだ。そうじゃござんせんかねえ」

阿澄は答えない。身じろぎさえしなかった。

「おすみさんは一人で生きてこられました。流されるがままの女が一人で生きられるわけがありません。そうでござんしょう。おすみさん、あんたは人生の節目、節目を自分の心で決めた道を歩いてきた。もっと言うなら、算盤《そろばん》勘定で生きてきたんじゃありませんか」

阿澄は黙ったままだ。背筋を伸ばし、おゑんを見ている。いや、その眼差しはおゑんを突き抜けて、遥か虚空に向けられていた。

気が付いていた。

阿澄が御付人に侍られ守られ、下の始末もできない上つ方《うえつかた》ではなく、したたかに生き抜いてきた市井《しせい》の女であることに。

身体を触れば、一端ではあるが人の来し方を窺うことができる。

阿澄の肉は柔らかく豊満ではあったが、脆《もろ》くはなかった。奥に凝りの塊があり、容易に揉み解けるものではなかった。

あれは、一心に働き続けてきた者の凝りだ。己の頭と心と身体を使って必死に生き延びてきた者、必死に使わねば生きられなかった者だけの凝り方だ。言い換えれば、真綿に包《くる》まれて生きてきた者には決して持ちえない肉の張りだった。

こんな身体をした女が唯々諾々《いいだくだく》と定めのままに流されてきたわけがない。

「おすみさん、誤解しないでくださいよ。あたしは、算盤尽くの生き方を責めているんじゃないんだ。むしろ、天晴《あっぱ》れと感心してるんですよ。他人を騙《かた》ったわけでも、陥れたわけでもない。自分の道を自分のお頭《つむ》と心で歩いてきた女を誰が責められます？　天晴れとほめるしかないでしょう」

阿澄がふっと息を吐く。

視線が虚空からおゑんへと戻ってきた。今、阿澄の目は確かにおゑんを捉えている。

「あんたはね、おすみさん」

強く底光りする双眸に向かって、おゑんはまた少しにじり寄る。

「そういう女だったんですよ」

鬼に食われて、儚《はかな》く散るような柔《やわ》なお人じゃござんせんでしょう。

口にしない一言を眼差しに込め、阿澄の視線と絡ませる。

「どうして、お忘れになっていたんです。それとも、忘れた振りをしておいでなんですかねえ。そこのところが、あたしにはどうも合点《がてん》がいかないんですよ」

阿澄は目を伏せ、自分の手のひらをゆっくりと開いた。それをおゑんに向かって差し出す。ふっくらと白い指が並んでいた。

「おゑんさん」

「はい」

「おっしゃる通りかもしれませんね。あたしは昔のあたしから目を背けていた。町人の娘ではなく、阿澄の方としてだけ生きようとしていたのかもしれません。生松のためにも、そうしなきゃならないって思ってたんですよ。母親のために、あの子に累が及ぶようなことだけは避けたかった。そのためには、御簾の向こうに鎮座するだけの人形のような女であらねばと……考えていたんですよ」

　あぁ、そうか、子か。

　おゑんは一息、飲み下し、胸に手を置いた。

　母と呼ばれる者にとって、我が子はかけがえのない宝にも、太い支え柱にもなる。それと同時に、弱点とも重石《おもし》ともなるのだ。

　子を守るためなら、母は鬼にも蛇にもなる。強靭にも繊弱にもなる。命さえ捨てる。

　おすみは我が子のために、嫋々《じょうじょう》とした美しいだけの人形、阿澄の方になりきろうとしたのだ。下も拭けぬ女になろうとした。

　阿澄が指を握り込む。ふっくらとした五本の指は固いこぶしに変わった。低く呟く。

「女は鬼には負けない」

　顔を上げ、こぶしで軽く胸を叩く。

「鬼を手のひらで転がせばいい。おゑんさん、あんた、そう言いましたよね」

「言いました」

「ほんとにそう思いますか?」

「思いますとも。幼いおすみちゃんならいざ知らず、今のおすみさんが鬼に負けるなんざ、ありえないと思ってますよ」

おゑんは手を伸ばし、行灯を引き寄せる。

「おすみさん、実はね、あたしも鬼を一匹、飼っているんですよ。自分の内にね」

「え?」

「あたしをよぉく、ごらんな」

阿澄の目が細まる。細めたまま身を乗り出して、おゑんの顔を覗き込んだ。

「あ、まぁ……」

白い喉元が痙攣のように震えた。

「おゑんさん、あんたは……」

「ええ、あたしの母親は異国の血を半分、受け継いだ人なんですよ」

行灯の明かりに照らされれば、おゑんの眸は媚茶《こびちゃ》となり金色の輪を浮かべる。高い鼻《び》梁《りょう》も透ける肌も、異国の血に繋がる様相を露にするのだ。

「祖父が遥か遠国の者でした。祖母がなまじ武家の娘であったものだから、祖母もその娘である母も、鬼の子を孕んだ女、鬼の血を引く娘と祖母の実家《さと》から罵《ののし》られ、蔑《さげす》まれたそうです。おすみさん、あたしの中にも鬼の血は流れているんですよ。いえ、あたしだけじゃない。おすみさん、あんたの内にだって、鬼は確かに住まっているはず」

おゑんは阿澄に指を突き出した。爪の先が鈍く光る。何を付けているわけでもないのに、おゑんの指先は行灯や月といった夜の光を浴びると、淡くも鈍くも光を放つ。

これも異国の血のなせる業《わざ》だろうか。

小刀を向けられたように、阿澄が僅かに身を引いた。束の間、眸に怯えの影が走る。

「そう……鬼でも蛇でも妖《あやか》しでも、呼び方なんてどうでもよござんすけど、女は身の内に恐ろしい何かを抱え込んでいる。それは男なんかよりずっと恐ろしいもの、剛力なもの……あたしは、そう感じてしまうんですよ。どうしても、感じてしまう……」

「お母上さまに何かあったんですか？」

不意に問われた。

まさか母親のことをそんな風に問われるとは思ってもいなかったから、おゑんは慌て、生唾《なまつば》を飲み込んだ。

「母親？　どうして、ここで母親が出てくるんです」

阿澄が首を傾げる。戸惑うのか、目を何度も瞬かせた。

「どうしてだろう……。ふっと感じたんです。おゑんさんのお母上さまに、何かあったのかと。おゑんさんの口振りに、感じたのかしら……よく、わからないけど」

おゑんは大きく息を吸い、吐き出した。

身体の中に新しい空気を取り入れる。その一息が、心持ちに余裕を作ってくれる。そして、身の内から出す一息が冷静を呼んでくれる。一瞬高鳴った胸の動悸《どうき》が鎮まる。

おゑんは鬢の毛をそっと撫で上げた。

勘の鋭い人だこと。

阿澄を見やる。

聡明で、勘が鋭く、人生の算盤勘定ができる。おゑんが考えているより、ずっとしたたかで頑強な女なのかもしれない。

「おゑんさま」

末音が入ってくる。

置物のようにちょこりと座ると、手をつき、頭を下げた。

「お二人がお揃いでございます」

「そうかい。さて」

立ち上がり、阿澄を見下ろす。阿澄もゆっくりと腰を上げ、打ち掛けに手を通した。

桜色の地に金糸銀糸で豪華な刺繡《ししゅう》が施してある。香色《こういろ》の小袖によく映えて美しい。

「お出ましになられますか、阿澄さま」

阿澄が鷹揚《おうよう》にうなずく。

「まいる」

おすみの面影はもう片鱗《へんりん》もなかった。威厳さえ漂う。

おゑんの前に立つのは、藩主側室、阿澄の方以外の何者でもなかった。

末音が襖を開ける。衣ずれの音をさせて、阿澄はゆっくりと歩を進めた。おゑんはその後ろに続く。

隣室には明々と蠟燭《ろうそく》が灯されていた。山路と曽我部が平伏《へいふく》している。

床の座に阿澄が座ると、山路が、そして、曽我部がゆっくりと顔を上げた。

「御方さま、お加減はいかがでございますか」

山路は憂いを濃く浮かべ、主人を見詰めている。声も微かに震えているようだ。曽我部は感情の読み取れない顔付きのまま黙していた。

襖を背に、おゑんは腰を下ろす。

「山路、何も案ずることはない。おゑんどのは名医である。全て事良うに取り計ろうてくれましょう」

「事良うにとは……」

「鬼の正体を暴くことですよ。山路さま」

山路がおゑんに顔を向けた。

「鬼の正体であると？　そなたに、わかるのか」

蠟燭の炎が揺らぐ。光も影も揺らいだ。

十

おゑんはゆっくりと視線を巡らせた。

阿澄、山路、曽我部。

三人の顔にかわるがわる視線を当てていく。

山路が挑むように見返してくる。阿澄と曽我部は、ほとんど表情を動かさぬまま、おゑんの視線を受け止めた。

「鬼の正体を明かす前に、まずは診立ての話をさせていただきましょうかね」

膝の上に手を重ね、背筋を伸ばす。

「阿澄さまのお腹には、胎《こ》はおりませぬ」

山路が顎を引く。

曽我部の肩が大きく上下した。

「そのようなことが、あろうか」

阿澄は脇息《きょうそく》に置いていた手を引き、眉を寄せる。語尾がやや乱れはしたが口調そのものは落ち着いていた。

「おゑんどの、その診立て、真《まこと》であるか」

「間違いござんせんね。阿澄さまは何も、お腹に宿してはおられませぬよ」

「されど」

山路が打ち掛けを引き、身体ごとおゑんに向き合う。

「おゑんどの、御方さまの御身には、ご懐妊の徴《しるし》が幾つもお出になった。だからこそ、われらはそなたを」

山路が口をつぐんだ。「そなたを召致《しょうち》したのだ」と言おうとして、さすがに憚られると察したのだろう。召しよせたわけではない、力尽くで連れてきたのだ。

おゑんは山路から阿澄へと視線を移した。

「ご懐妊の徴とは、悪阻《つわり》とか月のものが止まったとか、そういうことでござんすね」

「まっ、御方さまに対し、何とあからさまな物言いをしやるか」

山路の声音が尖る。

「女の身体に貴賤はございませんよ、山路さま。町方の女であろうと、御簾中《ごれんじゅう》であろうと、子を孕めば、全ての女の月のものが止まります。悪阻はそれぞれでござんしょうが、それとて、身分には何の拘わりもありません」

山路が息を吸う。その息が詰《なじ》り言葉に変わる前に、阿澄が口を開いた。

「月のものが訪れぬ。悪阻もある。下腹が張って苦しいようにも感じる。全て、生松がこの腹に宿ったときと同じじゃ。間違いはない」

「子を孕まなくとも、月のものは止まります。悪心も覚えます。女にはときとして、そういうことがあるんですよ」

「ときとしてとは、いかなる場合であるのか」

阿澄がほんの少し、身を乗り出した。おゑんは阿澄に向けて指を一つ、折る。白い襖にその影が映り、揺れた。

「まず一つは、想いがあまりに強いとき、でございますかね」

「想い……」

「はい。どうしても子が欲しいと強く念じたとき、稀にですが、子を孕んだときとそっくりの症状が現れることがあるんですよ」

「わたしは、そのようなことを念じたりはせなんだ。むしろ」

「恐れたんで、ござんしょう」

阿澄の、ぽってりと豊かな唇が合わさる。

「阿澄さまは恐れた。鬼の子を孕むことを何よりも恐れられたのです。鬼であろうと人であろうと、睦《むつ》んでしまったからには子ができることは十分に考えられる。阿澄さまは、それを恐れて、恐れておいででした」

「その通りじゃ。怒りで髪が逆立つと聞くが、恐れの想いでもよう似たことが起こる。髪を見えぬ手で引っ張られておるような、痛むというより心が騒いでどうにもならぬ心持ちにさらされる。おゑんどの、わたしは恐れに身を縮め、震えておった」

「はい。子を孕むのではないかという恐れがあまりに強いために、阿澄さまの身体はご懐妊したかのごとき症状を示したのです。そうしなければ、阿澄さまのお心が壊れてしまうかもしれないと、案じたのでしょう」

「案じた？」

「身体が心を案じたのです。人の身体と心は繋がっておりますからね。もしやと恐れおののくより、子を孕んだと思う方が動きがとれると、阿澄さまはどこかでお考えになったのでしょう。むろん、本人も気が付かぬままに、です。身体は素直にそのお考えに従い月のものを止め、悪阻に似た悪心を起こした」

「まさか、そんな、信じられぬ……」

阿澄が口元を押さえる。

眸の中に、戸惑いが走る。

おゑんは声の調子を強くする。一の糸を震わせたような、深く低く響く声音だ。

「信じる信じないは、お心のままで結構でござんす。けれど、お腹に胎《こ》はない。これだけは真の話ですよ」

阿澄は横を向き、袂の陰で大きく息を吐いた。安堵の吐息なのか、困惑のため息なのか、きらびやかな打ち掛けに包まれた身体が吐息とともに、一回り萎《しぼ》んだように見えた。

「そうか……子はいなかったのか」

「ええ。みなさまが、勝手にそう思い込んでいただけのようです」

山路が膝で進み出る。

「真で、真であろうな」

「あたしの診立てに間違いはござんせん。何を賭けてもようござんす」

しばらく、誰も口を開かなかった。風音と微かな息の音だけが耳に伝わってくる。その黙《しじま》を破ったのは、やはり山路だった。

「おゑんどの、では、御方さまの御身はこの先、いかがなるのだ」

「どのようにもなりませんよ。心が落ち着けば身体も元に戻ります。やがて、悪心は治まり月のものも始まるはずです」

「何もかも元通りになると、申すのだな」

「阿澄さまのお身体なら、ね。他のことが元通りになるかどうかは、あたしの与《あずか》り知らぬことですよ、山路さま」

「与り知らぬままでいてもらわねば、困る。おゑんどの、ここでの顚末《てんまつ》、他言は無用に願いますぞ」

「顚末？　事はまだ、半分も終わっていませんけれど」

山路の眉尻がひくりと動いた。

「だってそうでござんしょ。鬼の正体はまだ、少しも明らかになってないんですよ。これで、終わりってわけにはいかないのと違いますか」

「鬼の正体、しかし、お腹のことが幻であったのなら鬼も……」

「鬼は幻じゃありません。阿澄さまの思い込みでもありません。ちゃんと、おりますよ」

鬼はいる。

阿澄は鬼に抱かれたのだ。あるいは、鬼を抱いたのだ。生々しく目合った。だからこそ、孕んだと思いもしたのだ。

鬼はいる。幻などではない。

「おゑんどのには、鬼の正体とやらが見えておられるのか」

阿澄が見詰めてくる。その眼差しを受け止め、おゑんはうなずいた。

「見えております。それを明らかにするまでが、あたしの仕事と心得てもおります」

おゑんは振り向き、「末音」と呼んだ。

「はい」と小さな返事があり、襖近くの陰から、ふっと末音が現れる。

小柄な老女のことなど誰も忘れていたのだろう、曽我部は僅かに目を見開いた。

「これは、あたしの手伝いを長い間、務めてくれている者です。香を取り扱わせれば、おそらく日の本一の腕前でしょう」

山路が冷めた視線で、末音を見やる。

「香？　香合わせの達者であるということか」

「遊び事ではありません。あたしの仕事に使うのです。香を混ぜ合わせ、患者の心が落ち着くような、あるいは、心身の疲れをほぐすような香を作る。その名人なんです。阿澄さまには先ほどそのようにお伝えしましたね」

あぁと阿澄が声を上げた。

「そういえば先ほど、良い香りを嗅《か》いだ。伽羅のようであり、花のようであり、何の香かはわからなんだが、心地よかった」

「ええ、あの香りを調合したのが末音です。末音の鼻はどのような仄かな匂いも嗅ぎ当てることができるのです。その末音が、阿澄さまの寝所に入るなり、媚薬《びやく》の匂いを嗅いだんでござんすよ」

阿澄が身を起こす。

「ええ、媚薬でございます。誰かが寝所の香の中に媚薬を混ぜたんですよ。阿澄さまは、それを吸い、朦朧《もうろう》となられた。幻覚さえ見てしまった。薬も香も、人によって効き目はまちまちなのですが、阿澄さまには特効があったように見受けられます。そうだね、末音」

「はい。香と人には相性がございます。それがぴたりと合ったのでございましょうの」

「朦朧となれば、人は全てを受け入れるしかありません。鬼が現れれば鬼に身体を委ねるしかないのです。もう少し言えば、それが人であっても、鬼であると思うてしまうのです」

阿澄の双眸が大きく見開かれた。

「それでは、あれは人であったと……」

「そうです。阿澄さまは人の男と交わったのです。そう仕向けられた。そんなことができるのは……このお二人しかおられませぬ」

山路と曽我部が同時に身を硬くする。

「寝所の香に手を加えるのも、忍び込むのも、このお二人ならどのようにもできます。いえ、お二人にしかできぬことでしょうよ」

「何を言いやる。この下賤な医者が。つまらぬ言い掛かりは許さぬぞ」

「では、その袂に入っている香袋の中身は、何でございますかね」

「香袋じゃと。そんなものここには持って」

山路が口を閉じた。頬から血の気が引く。

「ここには持っていないなら、どこにお持ちなんですかね。山路さま」

「おのれ……謀《たばか》ったな、おゐん」

山路が腕を振り上げる。懐剣が鈍く光った。

「山路どの、お止めなされ」

曽我部がその腕を捩《ね》じり上げる。懐剣が抜き身のまま畳の上に転がった。山路がくずおれる。曽我部は阿澄の前に平伏した。

「おゐんどのの言われること、全て真でござる。それがしが鬼となり御方さまに……ご無礼をつかまつりました」

「曽我部……そなたが、なぜ」

「御方さまに懸想《けそう》いたしました。畏《おそ》れ多いこととわかっていながら、この想いを止めることができず……一生に一度、ただ一度、御方さまと契れたらと……」

曽我部の肩が震える。

「想いを遂げた後、腹を切る覚悟をしておりました。腹を切っても悔いはないと思うておりました。それが……後一度、後一度だけと浅ましい想いに囚われ、どうしても、御方さまのことが忘れられず……死ぬことすらできぬ畜生道に堕ちたまま……」

「曽我部さまの想いに気が付かれた山路さまは曽我部さまを唆《そそのか》して、香を焚き込めた寝所に招き入れた。そうですね」

山路が顔を上げ、おゑんを睨む。充血した眼、乱れた髪、まさに鬼女の面容だった。

「そうじゃ。わたしが全て仕組んだ」

阿澄が悲鳴に近い声を上げる。

「山路、まさか」

「阿澄さま、申し上げましょう。あなたのような出自の女が殿の寵愛《ちょうあい》を受け、子を生し、あまつさえ後嗣《あとつぎ》さまの母御となるやもしれぬなど、わたしには許せなかったのです」

十一

山路の全身がわななく。その声は吹き荒《すさ》ぶ風に似て、人の心をざわめかせた。

「許せなんだ。どうしても、許せなんだ。許せるものか」

おゑんは、小さく息を吸い込んだ。

なるほど、そういうことか。

この女も……お手付きというわけか。

「わたしは武家の娘じゃ。阿澄さまより先に、屋敷に上がり、殿のお傍に侍った。子も孕んだ。僅か三月で流れてしもうたが……。わたしは武家の娘で、このように美しくもあるのに。なぜ。なぜ殿は……阿澄さまだけを寵愛されるのじゃ。わたしがなぜ、阿澄さまにお仕えせねばならぬ。本来なら、本来なら……逆であろうに。わたしは武家の娘で……」

かちかちと奇妙な音がする。山路の歯が鳴っていると気付くのに、少し時間が要った。

「曽我部さまの横恋慕を上手《うま》く使い、阿澄さまを嬲《なぶ》るつもりでいた、ってわけですね。阿澄さまが幼いころ鬼に襲われたことも、ちゃんとご存じだったんで？」

「知っておった。そのようなこと、人を使《つこ》うて調べれば造作《ぞうさ》もない」

「なるほどねえ。仕えている主人を追い落とすために、準備万端これを整えていたというわけですか。あんたもまぁ、えらく執念深い性質《たち》でござんすねえ。あんたが殿さまに愛想をつかされたのは、阿澄さまのせいじゃなく、そのねっとりした蛇のような性質のためだと、一度も考えなかったんですか」

「たかが町人の分際で、わたしを愚弄するか」

「町人も武家もありませんよ。山路さま、あんたは負けたんだ。昔も今もね。鬼を担ぎ出して、阿澄さまの心を壊してしまうつもりだったんでしょう。気でも触れてくれればよし、心労のあまり息の根が絶えてくれればなおよしとでも、お考えになったのでしょうが、そうは問屋が卸さなかった」

山路が懐剣を摑む。おゑんに向け、真っ直ぐに振りおろしてくる。末音が小さく叫んだ。おゑんが避《よ》けるより早く、曽我部の刀が一閃《いっせん》した。手首を刀背《みね》でしたたか打たれ、山路が悲鳴を上げた。それでも、膝を折りながら懐剣を拾い上げようとする。おゑんは、その手を押さえつけた。

「死なせて」

山路が身もだえする。

「このまま生き長らえて恥をさらすわけにはいかぬ。死なせてくだされ」

「黙りゃ」

激しい一声が響いた。

阿澄が立ち上がっている。

「曽我部、山路、そこに直れ」

おゑんさえ思わず手をつきそうになった。それほど、威厳に満ちた声だった。

「明日より暇を取らす。二人とも、二度と屋敷内に立ち入ることは許さぬ」

曽我部が低頭する。山路は手首を押さえ、呻きを必死に堪《こら》えていた。

「もう一つ、自刃することも許さぬ。よいな。万が一、この命《めい》に背けば親、兄弟まで咎めがあると心せよ」

曽我部の頬を汗が伝った。

「しかし、御方さま。それがしの罪はあまりにも重く、腹を切るより他は……」

「鬼を呼んだのは、わたしじゃ」

一瞬、阿澄は目を閉じた。

「わたしの心が鬼を招いた。罪はわたしにもある」

「御方さま……」

「曽我部」

立ったまま、阿澄はひれ伏す男を見下ろす。

「そなた、わたしを憐れんだか」

曽我部は顔を上げ、口を開いた。言葉は出てこない。荒い息だけが漏れた。

「臣下でありながら、主であるわたしを憐れんだのであろう。何も知らぬ、何もできぬ憐れな女であるとな」

「滅相《めっそう》もございません。それは、それは……畏れながら、御方さまのお間違いにございます。それがしは……」

「誤魔化《ごまか》さずともよい。そなたの眼の中には、いつも憐憫があった。それに気が付かぬと思うておったか」

曽我部が唇を嚙み締めた。阿澄へと真っ直ぐに、身体を起こす。

「最初はそうであったかもしれませぬ。定めのままに流され、満たされぬまま生きる御方さまをご不憫な方だと思うたときも、確かにあり申した。けれど、それは、僅かな時のこと……。御方さまのお傍に侍るうち、憐憫など跡かたもなく消え失せておりました。いや……もとより憐憫などなかったのでございます。御方さまへの思慕を憐憫だと自らに言い聞かせてきた……ただ、それだけにございました。それがしは」

「もうよい」

阿澄は顎を上げ、僅かにかぶりを振った。

「それ以上、何も言うな。何も聞かぬ。二人とも下がるがよい。そして、明日にも屋敷から立ち去れ。わかったな」

打ち掛けの裾を引き、阿澄が歩き出す。

「御方さま、お待ちくだされ」

曽我部が走り寄り、打ち掛けを押さえた。

「情けにございます。何とぞ切腹の儀、お許しくだされませ」

「ならぬ」

「それがしに他に道はございませぬ。己の情に耐えきれず鬼と化した者にございます。なぜ、なぜ……己を律しきれなかったか……」

阿澄がゆっくりと振り向いた。

「曽我部、今一つ、問う」

「はっ」

「そなた、悔やんでおるのか」

一瞬、問われた意味が摑めなかったのか、曽我部が瞬きを繰り返す。

「鬼として、我が寝所に忍んできたこと、そなたは、今、悔いておるのか。本心を申せ」

曽我部の指が打ち掛けから離れた。

蠟燭の炎が揺らぐ。

「……悔いはございませぬ。一分の悔いもございませぬ。たとえ……」

たまゆら言い淀み、曽我部は眉間《みけん》に深く皺《しわ》を寄せた。

「たとえ、日を遡《さかのぼ》り、あの夜に帰ったとしても、それがしは同じ過ちを繰り返しましょう。御方さま、それがしの生涯は、あの夜々のためにだけあったと……今は、確かにそう思うております」

阿澄は深く息を吐いた。しかし、その面《おもて》には何の情も浮かんではいなかった。

「では、その遂げた想いだけを抱いて、これから長《なが》の余生を送るがよいぞ」

曽我部は目を見開いたまま、微動だにしなかった。息さえしていないかのようだった。

「死ぬことは許さぬ。決して許さぬ」

曽我部の頰をただ一筋、汗が伝った。

「おゑんどの」

「はい」

「大儀でありましたな。みごとな手並み、感服しましたぞ」

「畏れ入ります」

「すぐに、駕籠の用意をさせる。できるかぎりの礼もいたす。これまでの数々の無礼、寛恕してたもれ」

おゑんは、無言で頭を下げた。

阿澄は阿澄の方でしかなかった。もう二度と、おすみに戻ることはあるまい。

「阿澄さま」

背筋の通った後姿に声をかける。

阿澄が、僅かに顔を向けた。

「何とぞ、ご息災に」

「そなたもな」

末音が襖を開ける。

襖の向こうには闇が広がっていた。少なくとも、おゑんの目は、艶やかな暗闇しか捉えられなかった。

阿澄は、その闇の中に静かに消えていった。

山路が泣き伏す。

曽我部はどこか虚《うつ》ろな眼差しを、空に向けていた。

おゑんは、阿澄の残した伽羅の香りをゆっくりと胸に吸い込んだ。

「ほんとに、よく無事で帰ってこられました」

茂三郎が手の中で、湯呑みをくるりと回す。男が使うにしては、小振りな白磁だ。

高麗屋の奥まった座敷で、二人は向かい合っている。

「おまえさんを送り出してから、何となく胸騒ぎがしてね。呼び戻しに、店の者を走らせたのですよ。うちに泊まっていただくか、駕籠を呼ぶかにしようと思ってね」

おゑんは、ほんの少し笑んでみせた。

「そしたら、おまえさんがえらくりっぱな駕籠に押し込められて、どこぞに連れて行かれたと言うじゃありませんか。もう、仰天しましてねえ。なぜ、跡をつけなかったと、叱りつけても後の祭。おゑんさんは行方知れずになる。かといって、おまえさんの仕事柄、おいそれと辻番に駆け込むわけにもいかず、捜す場所の見当もつかずで……ほとほと、困り果てていたんですよ」

茂三郎のその言葉に嘘はないだろう。

一日、会わなかっただけなのに、鬢の白髪が増えたような気がする。顔も疲れた土気色をしていた。

「ご心配をかけちまって、ほんとうに悪うござんしたねえ」

心から詫び、頭を下げる。

大家と店子という縁を超えて、親身に心を遣ってくれた茂三郎をありがたいと思う。男と女の仲ではなく、父と娘でもない。気の合う友人とも微妙に違うだろうか。いずれにしても、おゑんは、高麗屋茂三郎という男を好ましいと感じているのだ。

「ねえ、高麗屋さん」

「なんです」

「さっき、あたしの仕事柄とおっしゃいましたけど、あたしの生業をやっぱり、ご存じなんですね」

「薄々とですよ。三年もあれこれ話をしていれば、ちっとは見えてくるものもありますよ。ただ、わたしに見えているのは輪郭だけ。詳しいことはちっともわかりません。おまえさんの生業についても、おゑんという人についてもね」

茂三郎が湯呑みをまた一回りさせた。

「それにしても、今回のこと、詳細を聞かせてもらえないのは、残念ですな。さぞかし面白い話でしょうに。まるで読本《よみほん》みたいな、ね」

「ええ……」

読本ではない。現《うつつ》だった。鬼と交わり、戦い、鬼を食ろうた女がいたのだ。この江戸の町に今も生きている。

「ほんの少しでいいから、話してもらえませんかね。いや、ほんとに喉がからからに渇くほど知りたいですよ」

「残念ですけど、高麗屋さん。お話しできませんよ。お武家のことに深入りするのは剣呑ですしね」

いやいやと、茂三郎は手を振った。

「わたしが知りたいのは、おまえさんのことですよ、おゑんさん。いつか、包み隠さず、おまえさんの生い立ちなどを聞いてみたいものだ」

茂三郎がにやりと笑う。辣腕の商人の笑みだった。

遠くで、梟が鳴いている。

冬木立ち

一

江戸に三度目の雪が降った。二度目までは、淡々《あわあわ》と儚《はかな》げな綿雪で、日差しを浴びるとすぐに姿を消してしまった。けれど、三度目の雪は、暴れた。

風をともない、降り続いている。

横殴りの風が雪片を舞い上げ、渦をつくる。渦に巻き込まれると、雪は空から落ちているのか、地から湧き出しているのか、定かには見極められなくなる。

風はごぉんごぉんと、唸《うな》りを上げて江戸の町を無尽に吹き奔《はし》った。

「これはまた、とんでもない荒れ模様になりましたの」

末音《すえね》が身を縮め、廊下を見やる。雨戸はとっくに閉めていた。その雨戸に風と雪がぶつかって、不穏な音をたてる。

「この様子では、明日は何もかも雪の下でございますなぁ」

「そうだね」

おゑんは、鉄瓶から湯呑《ゆの》みに湯を注《つ》いだ。湯呑みには、おゑんが調合した薬が入っている。人肌よりやや温かな湯で、ゆっくりと練る。練った上に熱湯と少量の砂糖を混ぜ、さらに練る。

とろりとした濃緑の練り薬は、鎮痛と解熱の効能があった。今夜は一人、痛みと熱に呻《うめ》いている患者がいる。

さる商家——深川海辺大工町《ふかがわうみべだいくまち》の糸問屋「松屋」だと言うが、その真偽は測れない。おゑんは「松屋」という糸問屋を知らなかった——の娘だ。

今日の昼すぎ母親に連れられてきた。いや、引《ひ》き摺《ず》られてきた。子を孕《はら》んでいるという。さる大店《おおだな》の跡取り息子と縁組が決まり、結納、祝言《しゅうげん》の日を定めるばかりになっている。しかし、腹の子の父親は別の男なのだと、母親は身を震わせながら告げた。「不身持《ふみもち》」という一言を何度も口にした。

「不身持な娘ですよ。身に余る良縁に恵まれたっていうのに、あろうことか、他の男の子を孕むなんて。信じられないほど不身持な娘です」

波文様の小袖《こそで》をきっちりと着こなし、隙《すき》のない身なりをした母親は、無言で俯《うつむ》く娘をこれでもか、これでもかと、言葉で鞭打《むちう》つ。

「相手の男が誰かも、口を割ろうとしない。言いたくても言えないような男なんでしょうよ。まったく、何て不身持なことを」

「それで、どうしようってんです」

母親の雑言《ぞうごん》を遮《さえぎ》り、おゑんは問うてみた。母親ではなく、母親の背後で黙したままの娘に、だ。

「あたしに何をお望みですかね」

「何って、そりゃあ……始末してもらいたいんですよ。腹の胎《こ》を、きれいさっぱり始末してくださいな」

母親の眦《まなじり》がさらに吊り上がる。目尻から血が噴き出すのではないか。それほどに、強《こわ》張《ば》り、引きつっている。

「この娘は、春には祝言をあげます。それまでに元の身体に戻っておかなきゃならないんですよ。幸い、あたしが早くに気が付いたんで、まだ腹は出てないし、今なら誰にも知られずにすますことができるでしょ」

「なるほどね」

腹の胎をさっさと始末して、何食わぬ顔で嫁に行けばいい。

母親はそう言っている。

おゑんは母親の眦のあたりに眼を据えた。

「あまり容易《たやす》く考えちゃ、いけませんね」

低く静かに、声を出す。そういう声音が相手を抑え込むのには一番適している。これまでの経験から、わかっていた。

「腹の胎は生きている。生きて母親と繋《つな》がってるんです。始末とはその胎を殺すということ。母親の身体にも相当の負担がかかりますよ。月満ちて子を産むよりも、負担がかかるかもしれない。つまり、命懸けの覚悟が入り用なんですよ」

母親が口を閉じる。色白の整った顔立ちの中に、初めて影が走った。怯《おび》えと戸惑《とまど》いの影だ。喉元《のどもと》が上下に動く。

「娘さん、死ぬかもしれませんよ」

これ以上ないほど露骨に告げる。末音が黒塗りの文箱《ふばこ》を母親の前に置いた。何の装飾もない漆塗りの箱だ。

既に、雪が降り始めていた。羽毛に似た雪がふわりふわりと舞う。これから激しく荒れ狂うとは想像もできない、優しい降り方だった。

文箱の蓋《ふた》をとると、書道具が一式、納まっていた。

「これに、娘さんがお命を失ったとしても、一切、こちらを咎《とが》めない。全て承知の上で頼んだと、そういう文を書いていただきましょう。用心のためにね」

「用心……」

「ええ。月満ちて子を産む。それは自然の理《ことわり》のうちです。それでも、子を産むさいに命を落とす女は大勢いる。まして、無理やり体内から引き摺り出すというのは、自然の理に反すること。人が自然に反するとは、ひどく剣呑《けんのん》なものなんですよ。あなたはそれをしろと言う。それならば、娘さんの命を預けてもらいます。万が一、いや千が一、百が一、娘さんが亡くなったとき、騒いでもらっちゃ困ります。だから、あたしの患者になろうって人には、必ず一筆、入れてもらうんですよ」

　母親はおゑんから文箱へ、文箱からおゑんへと視線を移ろわせる。

「どうします。事を急いで取り返しのつかないはめになったら、悔やんでも悔やみきれませんよ。そういう人をあたしは、何人も見てきました。おっしゃるとおり、娘さんはまだ、子を宿して間もないようです。焦らず、じっくり行く末を考えちゃどうですか。そのための時間はまだ、あるように思えますが」

　母親の肩がいかる。

「いえ……、いくら考えても同じです。この娘は嫁に行く身、腹ぼてになるわけにはいかないんです、先生」

　肩の力を抜き、母親は不意に両手をついた。

「お願いします。どうか、この娘を元の身体にしてやってください。お願いします」

　それは無理だ。

元になど戻れない。

娘は男を知ってしまった。腹に胎を宿してしまった。産むにしろ、堕《お》ろすにしろ、一度、胎を抱いた女の身体は明らかに変わる。変わり、元にはもう戻れない。戻らない。

小さな呻きが聞こえた。

母親の背後に隠れるように身を縮め座っていた娘が呻いている。片手を腹に当て、呻き声を上げている。末音が崩れそうな身体を支えた。娘の白い滑らかな頰《ほお》を汗が伝う。

「痛い……お腹が……あ、痛い」

娘は末音の胸に倒れ込み、喘《あえ》ぐ。

「ま、お鈴《すず》、どうしたんだい。しっかりおし」

母親が娘の名を呼んだ。

「歩けますか。ささ、こっちに」

末音が娘を支え、廊下に出る。

「お鈴、お鈴。先生、お鈴をどこに連れていくんですか」

「診《み》立《た》ての間です。おかみさん、ここにはどうやって来たんです。駕《か》籠《ご》ですか」

「え？ ええ、そうです。でも、途中で降りて歩きました。店の者には、嫁入り道具の見積もりに行くって出てきたものですから」

駕籠屋の口から、行く先が漏《も》れるのを憚《はばか》ったわけか。たいした慎重さだ。それほど慎重な女が、身重の娘を駕籠に乗せ、凍《い》てつく冬の道を歩かせた。

「先生、お鈴は、お鈴はどうしたんですか。だいじょうぶですよね」

「だいじょうぶかどうかは、これから診ます。でも、覚悟だけはしておいてください」

「そんな、そんな、助けてください。お鈴を助けて、先生」

俄《にわ》かに取り乱し始めた母親がおゑんに縋《すが》ってくる。一瞬、ほんの一瞬だが、殺意に似た情動がおゑんの中で蠢《うごめ》く。

胎を堕ろせと言い、娘を助けろと言う。この身勝手さはどうだろうか。しかし、情動はすぐに萎《な》えた。大店との縁組は「松屋」にとって死活の問題なのかもしれない。天から降って来た賜り物なのかもしれない。その縁を逃がしたくないと足掻《あが》く気持ちと、娘を掛値なく案ずる母心と。二つの情の間で、揺れ動き、引き裂かれている女を憐《あわ》れとも思う。

母親とは、いつでも、憐れだ。

ふと面影が浮かんだ。

鳶色《とびいろ》の髪と眸《め》。眸はいつも潤んでいて、じっと見詰められると、ただそれだけで全身がしっとりと濡《ぬ》れてくるような気がした。

母の眸だった。

襖《ふすま》が開き、末音が顔を覗《のぞ》かせる。ゆっくりと一度、うなずく。鳶色の面影が薄れて消える。患者が待っている。そこが、おゑんの居場所だった。

「先生、お鈴は……」

「騒がないでいただきましょう。ここで待っているか、外に出るか。どちらにしても、声をたてないでください」

それだけを言い置いて、部屋を出る。何も出来ぬまま待つことの苦悶《くもん》を、これから母親はたっぷり味わうことになる。

お鈴は腹の胎を流した。

駕籠の揺れや凍て道の忍び歩きが祟《たた》ったことは否《いな》めない。しかし、それ以上に、母親に罵《ののし》られ、責め立てられた日々がお鈴を追い詰めた。身体より心が持ちこたえられなかったと、おゑんはみた。

「生まれて初めて惚《ほ》れた人なんです」

お鈴は呟《つぶや》く。全ての処置が終わり、夜具に横たわってからずっと、呟き続けていた。視線は虚《うつ》ろで、口調にはまるで抑揚がない。

「本気で惚れた人でした。一緒に逃げようって言ってくれて……上方《かみがた》に逃げようって……

でも、おっかさんに気付かれて……見張りをつけられて、あたし、行けなかった。あの人……ずっと待っていたと思う……あたしのこと待っていたと……それなのに」

お鈴の声はきれぎれになり、やがて途絶《とだ》えた。寝入ったわけではなく、目を見開いて天井を見詰めている。おゑんは薬を処方し、お鈴が眠ってしまわないように、見習いのお春《はる》を傍《そば》につけた。胎を流した身体は眠りと死の境をいとも容易《たやす》く越えてしまう。しばらくは正気を保ち、血の流れが落ち着くのを待つのだ。もと患者だったお春は、このところ末音の下で見習いとして働いている。お春も流産を経験していた。

「おっかさんを呼ばないで」

突然、お鈴が叫んだ。ほとんど、悲鳴だった。悲痛な声が迸《ほとばし》る。

「呼ばないで、会いたくない」

そして、不意に声を上げて泣き出した。お春が両手でしっかりと抱き締める。

おゑんは座敷に戻り、ありのままを告げた。

胎が流れたこと。お鈴の衰弱した身体は昂《たかぶ》る心に疲れ果てていること。母親を頑《かたく》なに拒んでいること。

「お鈴さんは、うちで預かります。今日のところは、お引き取りねがいましょうか」

三日後に来て欲しい。おゑんの申し出に母親は抗《あらが》わなかった。一人、帰って行く。

うなだれた後ろ姿はやはり憐れだった。

おっかさん、か。

鳶色の眸がまた、よみがえる。

二

薬と白湯《さゆ》を載せた盆を手に、部屋に入る。さらりと甘い香りが漂う。末音の調合した香だ。心と身体の凝りをほぐし、張りを緩める効能がある。畳の上に薄縁《うすべり》を敷いて、その上にさらに夜具を敷き、お鈴は臥《ふ》していた。雨戸を閉め切っているので薄暗い。部屋の隅には行灯《あんどん》が一つだけ灯されていた。

お春が顔を上げ、軽く会釈をした。ずっと、お鈴に付き添っていたのだ。

「お鈴さん、どんな塩梅《あんばい》です」

お鈴は答えない。僅かに身じろぎしただけだ。おゐんは視線をお春に向けた。

「はい、先ほどから、少し落ち着いたみたいです。さっき、水を三口ほど飲まれました。でも重湯《おもゆ》にはまったく口をつけようとしなくて……」

「そう。ごくろうさまでしたね。お春さん、ずっとつきっきりで疲れたでしょ。休んでくださいな。後はあたしがやりますから」

「ええ……でも」

お春がそっと身をずらした。お鈴の手が袖をしっかりと握っている。

おゑんはお鈴の手首に指を添え、脈をとった。確かな律動が伝わってくる。ほとんど乱れはない。

やはり、若い。恢復しようとする身体を若さが後押ししている。この分なら、明日には起き上がれるだろう。念を入れても七日も養生すれば十分だ。

身体は七日で恢復する。けれど、心の方は……。

「女って、お腹にややができたときから、一人じゃないんですよね。身体は一つでも、ややと二人なんですよね」

お春がお鈴の手をそっと撫《な》でた。

「二人のうちの一人が急にいなくなってしまった。心細いんです……ぽっかり穴が空いて、そこに何もかも吸い込まれていくような心細さで……怖くて、寂しくて、どうしようもないんです。だから、お鈴さんも……」

「耐えなきゃしょうがないんですよ」

言い切る。口吻《くちぶり》がきつく張り詰めていたのか、お春が息を飲み込んだ。

「耐えて生きなきゃ、女はつとまらない。己の不幸や不運を誰かのせいにしてちゃ、泣くしかできない女になっちまう。己で己を憐れむような真似《まね》は、もうお終《しま》いにしないとね」

「おゑんさん……」

「お鈴さん、起きなさいな。起きて、この薬を飲むんです。ずい分出血しちまいましたからね。血の道に効く薬です。ちょっと飲み難《にく》いけれど辛抱して飲むんですよ」

夜具が上下に動いた。お鈴が息を吐き出したのだ。しかし、それだけで、起き上がる気配はない。

「お鈴さん」

「……耐えるしかないんですか」

晩秋の虫の音よりさらにか細い声が、かろうじて耳に届いた。おゑんは伸ばしかけた手を止める。

「女は耐えるしか……、辛抱するしかないんですか。それしか道はないんですか」

お鈴の身体が震える。すすり泣きが漏れた。お春が背中を撫でる。

「しゃべってごらんな」

おゑんは盆を置き、膝に手を重ねた。

「泣くんじゃなくて、胸の内をちゃんとしゃべるんですよ、お鈴さん。泣いていても誰にも何にも伝わりゃしないんだから」

すすり泣きが止まった。

「今ここには、お春さんとあたしとお鈴さんがいる。あたしとお春さんには、二つずつ耳がついてる。あんたの話を聞くことのできる耳が四つもあるんですよ」

おゑんが口を閉じると、部屋の中は静まり、雪風の音がやけに大きく響いた。

お鈴がゆっくりと起き上がる。その背をお春が支えた。香りが揺れる。行灯の灯が揺れる。血の気のないお鈴の顔が、闇に白く浮かび上がった。

「あたし、身体が良くなったら家に帰り、春には嫁に行きます。惚れた男がいたことも、その男の子を身籠《みごも》って、流したことも、何もかも内緒にしたまま嫁いでいくんです。何にも知らない振りをして、全部忘れた振りをして……。おっかさんは、おまえのためだって言いました。でも、あたしは……この子を産みたかった。あの人の子を産みたかった。他の男の子を産むなんて……嫌なんです。そんなの嫌……。なのに耐えなきゃいけないんですか。耐えて嫁いで子を産まなきゃいけないんですか。そんなの、そんなの……」

お鈴の目から涙が零《こぼ》れる。夜具の上に落ち、染みを作る。

「そんな心配しなくていいかもしれませんよ」

おゑんの言葉にお鈴が顔を上げ、瞬きをした。涙の粒が頰を滑る。

「最初の子を流したらね、次に子を孕むのはたいそう難しくなるもんなんですよ。たいていの女は、もう二度と子を産めなくなります。だから、心の通わぬ男の子を産まなければならないなんて心配、いらないいんじゃないかねえ」

お鈴の喉が震えた。虎落笛《もがりぶえ》に似た声が迸《ほとばし》る。

「そんな、じゃあ……あたし、あたしはもうややが産めない……」

「そうですよ。みんながみんなとは言いません。でも、かなりの数にはなる。お鈴さんが、その数の内に入ってないとは言い切れないでしょう」

「そんな、そんなの嫌です。そんなことって」

お鈴は両手で顔を覆うと、お春の胸にもたれかかり苦しげに息を吐いた。その肩を抱いて、お春がおゑんを見上げる。

「おゑんさん……」

「嘘《うそ》ですよ」

おゑんはお春から目を逸《そ》らした。

「赤子を産めなくなるなんて、嘘です。お鈴さん、ごめんなさいよ。ちょいと、あんたを試してみたくてね。つまらない嘘をついちまいました」

「あたしを試す？」

「そうです。あんたは他の男の子を産みたくないと言いながら、あたしの嘘に狼狽《うろた》えた。どっちが本音なんです？」

「それは……それは……」

「お鈴さん、耐えるってのはね、生半可なことじゃできない。己を見失ってちゃできないことなんですよ。あんたは、まだ、己を見失ったままだ。何を望んでいるのか、どう生きたいのか、見えてないんですよ。だから、全部をおっかさんのせいにしてしまう。男に惚れたのも、男と情を交わしたのも、あんただ。おっかさんじゃない。この先、生きていく途《みち》を決めるのもあんたなんですよ。それができないと、いつまで経《た》っても泣くことしかできない女になっちまう。そこのところをよぉく心しておくんですね」

おゑんは盆をお鈴の前に置いた。

「これをゆっくりと、白湯と一緒にお飲みなさい。そして、ぐっすり眠るんです。眠って、眠って、目が覚めたら、これからどうするか考えるといいでしょうよ。ここにいる間は誰にも邪魔されず、考えることはできますからね」

おゑんは立ち上がると、部屋を出た。

廊下は凍てついている。

風が雨戸にぶつかる。雨戸が鳴る。

どぉん、どぉん。

おゑんは立ち止まり、束の間、目を閉じた。よく似た音、いや、もっと激しく険しい音を耳にしたことがある。颪の咆哮《ほうこう》だ。

「おゑん、江戸に行こう」

咆哮よりもさらに激しい声だった。

おゑん、江戸に行こう。おゑん、おゑん……。

「おゑんさん」

目を開ける。振り返る。

お春が立っていた。

「お鈴さん、お薬を全部、飲みました」

「そう……。あたし、ずい分と酷《ひど》いことを言っちまったね」

「お鈴さんにですか？」

「お春さんに、ですよ。あんたの前で、子を産むとか産めないとか、酷い話をしてしまった。堪忍《かんにん》ですよ」

お春がかぶりを振る。

「酷いなんて思いません。そんなこと気にしないでください。あたしは、もう昔に引き摺られてはいません。ここでこうして生きていける今が大切なんです。だからもう、いいんです」

おゑんは目を細め、お春の小さな顔を見詰めた。目の前のこの女は、定めを受け入れようとしているのか、越えていこうとしているのか。

「おゑんさんは、どうなんです」

「え？」

「おゑんさんは、子を産んだことはおありなんですか。一度もないのですか」

どぉん、どぉん。風が吼《ほ》える。

「あ、すみません」

掛け行灯の仄《ほの》かな明かりが、頬を染めたお春を照らし出す。

「あたしったら、つい……余計なことを」

「気になってたわけ？」

お春を見下ろし、ちょっと笑ってみる。お春の頬がさらに紅《あか》くなった。

「いえ、それは……はい。気になっていました。子どものことだけでなく、おゑんさん、どうしてここでこんな稼業をしているんだろう。ここに来る前は、どこにいたんだろうって、考えてしまって……だって、あの、おゑんさんって、あたしが知っている誰とも似ていないんですもの」

「あたしの祖父はね、異国の人間なんですよ。だからちょいと、あたしも周りから浮いているんでしょうよ。第一、この背丈ですからね。誰とも似ていないでしょうともさ」

「違います」

お春は、きっぱりと否んだ。

「そうじゃありません。そんなことじゃありません。見た目じゃないんです。そうじゃなくて……何だか気配が違うんです」

「気配？」

「あ、いえ、何というか……上手《うま》く言えなくて……でも、あの、気になってしかたないんです。あたし、おゑんさんのような人に初めて会いました。おゑんさんのような生き方をしている人、他に知らないんです。だから……とても知りたいって思って……あの、おかしいですか？」

「え？　おや、笑ってましたか。ふふ、お春さんと同じようなことを言った商家の旦那がいてね、その人のことを思い出したもんだから」

どぉん、どぉん。

おゑん、江戸に行こう。

風音が、母の声が、耳奥で渦巻く。

おゑんはお春の耳を見た。形の良い、上等な耳だ。耳のことなど誰も気にかけない。しかし、ちゃんと聞くことのできる耳は貴重だ。他者の言葉を拾う。本気で聞き取ろうとする。能弁な舌を持つ者は多いけれど、誠実な耳を備えている者はごく稀《まれ》だ。

お春の耳は上等だった。

「お春さん」

「はい」

「あたしはね、海に面した北の国で生まれたんですよ。三万石足らずの小さな藩でした」

どぉん、どぉん。

風は吼え続けている。

三

とは言ってもね、正直、古里のことはあんまり覚えていないんですよ。

おゑんはそう続けた。そして、風の音に耳を澄ますかのように、しばらく黙り込んだ。

お春も黙って立っていた。

いえ、幼すぎてってわけじゃない。十一、二のころまでいたんですからね。覚えていないというより、思い出したくないってほうが、近いかもしれません。

人の心ってのは、上手くできているというか、身勝手というか、思い出したくないあれこれに蓋をしちまうんですね。蓋をして、中を見せないように、見なくてすむようにしちまう。だけど、それは蓋をしただけ。見えなくなっただけなんですよ。

消えやしません。

蓋をしたまま一生を終えるか、意を決めて蓋を取るか……どちらかを選ぶしかないんです。どちらが正しい、どちらが間違ってる。そんな分け目はありゃあしませんよ。蓋をした心を背負い込んだまま生きるのも、搔き出して血を流すのも、本人が決めるしかないこと。これぱっかりは、他人に決められるもんじゃありませんからねぇ。

ふふ、偉そうなこと言っちまった。

あたしが、そう気が付いたのは……もう、ずい分といい歳になってからなのに。

お春は思わず、おゑんの顔を覗き見てしまった。

この人は、幾つなのだろう。

出逢ったころから、ずっと胸に巣くっていた問いだった。

化粧はほとんどしていない。眉《まゆ》も剃《そ》っていないし、歯も白いままだ。人妻でないのだから当たり前なのだが、自然のままの姿がおゐんに若やぎを与え、二十歳《はたち》前にも見える。一方、いかにも﨟《ろう》たけた風にも感じ、自分などより遥かに長く生きた人のようにも思えてしまうことが度々あった。

「お春さん、部屋に入りましょうか。ここは冷えますからね。女にとって、冷えは何より禁物ですよ」

お春の胸内を察したかのように、おゐんは笑い、背を向けた。

とびっきりの悪戯《いたずら》を思いついた童《わらわ》に似た笑顔だった。

部屋に入ると、おゐんは熱く濃い茶を淹《い》れてくれた。口に含むと、仄かに甘い。

「美味《おい》しい」

「温まるでしょ。少し贅沢《ぜいたく》だけど、砂糖を入れたんですよ。祖父がこの茶が好きでね」

「お祖父《じい》さまが……」

「ええ。祖父は遠い北の国から流れ着いたんだそうです」

おゐんは湯呑みを置き、何かを探すかのように視線を天井に向けた。

あたしの古里では、時折、そういうことがあったそうです。海に面して開けたところでしたからね。

海が荒れた翌日、浜辺に異国の男が……稀に女が打ち上げられることがね。たいていは、死んでいるか、すぐに亡くなってしまうかだけれど、これも稀に、生き延びる者がいるんですよ。真冬だとさすがに無理だけれど、季節がさほど過酷でなければ運良く生きて、浜に辿《たど》り着けるんです。まぁ、船が難破してのことだから、運が良いと言えるかどうかはわかりませんがね。

生き延びたとしても、故国に帰れる算段なんて誰にもできやしません。帰るどころか、藩による厳しい詮議《せんぎ》が待っていて、中には、手酷い拷問を受ける者もいたそうです。藩にすれば、異国の人間を野放しにしていては幕府への申し開きができないってことでしょうけどね。

けれど、異人の中にはこの国に住みつくことを許された者もいました。妻を娶《めと》り、子を生《な》す者までいたんです。ええ、あたしの祖父もそういう者の一人だったんです。

秋の初めに入り江の村に流れ着き、生き長らえ、祖母と出会い、娘を一人、もうけました。あたしの母になる娘です。

祖父が村で生きることを許されたのには、それなりの理由があります。

医者だったんですよ。

異国の医術の技と知識を持っていた。それは藩にとって、金銀に値するほどのお宝だったってわけです。

祖父は重宝されはしましたが、束縛もされました。村から出ることは決して許されず、与えられた家からの外出さえままならぬ立場だったそうです。蟄居《ちっきょ》とそう変わりないような暮らしだったんでしょうかね。

でもね、お春さん。あたしの覚えている祖父は、それはそれは穏やかな人でしたよ。見上げるほど大きくて、艶のある土器《かわらけ》色の髪をして、鳶の羽色のような眸《め》をしていました。

あたしをゑんと名付けたのは祖父です。祖父の母親が「エン」という名だったそうです。

祖父はあるとき、「エン」の話をあたしにしてくれました。夕暮れどきでした。夕日を浴びて縁側に座り、膝に小さなあたしを載せて、「エン」のことを語ったのです。

「おゑん、おまえの曽祖母《ひいばあ》さまはな、それは優しくて、美しい女人《にょにん》であったのだ。わしの自慢の母さまでもあった。おまえさまに会わせられないのが、残念でならぬ」

祖父の身体は大きくて温かくてね。その胸にもたれていると声が響いてくるんです。耳ではなく直接、心に届くような、そんな深い声でしたね。

今思い返せば、祖父の物言いには異国の訛《なまり》があって、時々、聞いたこともない言葉が交ざっていました。幼いあたしには、それがまた楽しくてたまらなかったのです。

「エンは優しくて美しいだけでなく、評判の料理上手でもあってのう。子どもたちにそれはそれは美味しいスープを作ってくれた」

「スープ？　お祖父さま、スープって何でございますか？」

「おぉ、おゑんはスープを知らぬのか。そうであるな……おつけのようなものかのう」

「では、豆腐とか入っているのでしょうか」

「いや、トーフはないのう。わしの国にはトーフやミソは元々ないものなのだ」

「では、おつけとは違いましょう」

「うむ、確かにの。そうじゃの、スープは汁物ではあるが……野菜や肉や魚をぐつぐつ煮て、出し汁をとる。それにいろいろなものを混ぜて飲むものだ。わしは牛の尾のスープが好物であった」

「牛の尾！　お祖父さまは、牛を食されるのか」

ふふっ、あのとき、あたしは文字通り、祖父の膝の上で飛び上がりましたよ。だって、牛の尻尾《しっぽ》ですよ。そんなものが食べられるなんて、そんなものを食べるなんて、考えもしないでしょ。あたしにとって、いえ、この国の誰にとったって、牛は食べ物ではなく百姓仕事に使うものでしかないのですから。

祖父は驚いたあたしの顔を、愉快そうに、でもどこか途方にくれたような眸で見ていましたね。あれは、自分の孫に自分を理解してもらえない悲しみだったのか、単に幼い者の言動を微笑《ほほえ》ましく見ていたのか、今となっては、知る由もありません。

祖父が曽祖母「エン」の話をしてくれたのは後にも先にもそのときだけでした。あるいは、あたしが覚えていないだけなのかもしれませんがね。

しゃべり方、来《こ》し方《かた》の思い出、眸の色、髪の色、皮膚の色、背の高さ……祖父は、周りの者とは明らかに違っていました。違ってはいたけれど、豊かな人でしたよ。豊かなものを自分の内にちゃんと持っている人でした。

あたしに、医術を教えてくれたのも祖父です。祖父は船医、長期の航海のとき船に乗り込む医者であったのです。本当に奇跡的に、祖父の使っていた医術用の器具が祖父と共に、浜に打ち上げられていました。その器具の使い方を説明できたからこそ、祖父は殺されなくてすんだのかもしれません。

「おゑん、医者になるがよい」

祖父が一度だけ、あたしに言ったことがあります。ただ一度だけ、ただ一言だけでした。

あたしが六つになった歳です。六つになった元日の朝、呟くように言いました。お屠蘇《とそ》で酔っていたけれど、酔《え》い言《ごと》の類《たぐい》ではありませんでしたね。あたしを見据えた祖父の眸は怖いほど張り詰めていましたから。

あの一言に、祖父はどんな想いを込めたのでしょうかね。これも今となっては、知る手立てはありません。

異人の血を引く女が生き抜くためには、生きる術《すべ》としての医術が必要と考えたのか、他人を救うことに生涯をかけて欲しいと望んだのか……ええ、知る手立てはもうありません。聞いておくべきだったんでしょうかね。お祖父さま、お祖父さまは、あたしにどう生きて欲しいの、とね。ふふ、聞いても詮ないことでしょうが。

あたしはね、お春さん、祖父が大好きでしたよ。周りとは明らかに異なる祖父が好きでした。祖母も母も、そうであったと思います。

祖母は武家の娘でした。祖父を見張る役目、目付方の役人の娘でした。祖母がどのようにして祖父と知り合い、心を添わせたのか、あたしは知りません。祖母は、たいそう寡黙な人でありましたから。それは祖母の父、目付方役人であった曽祖父が、祖母が母を産んだ夜、自刃して果てたことに起因するのかもしれません。娘が異国の男と情を交わし、妻夫《めおと》として暮らす道を選んだことを恥じての自害でした。

祖母は実家から勘当され、近寄ることさえ許さぬと言われたそうです。母は祖母と祖父以外、誰にも祝われぬまま生まれてきました。名前を、瑞乃《みずの》と言います。祖父はなぜ、ゐんという名を母でなくあたしに付けたんでしょうね。なぜ、自分の母親の名を娘ではなく孫に与えたんでしょう。

おやまあ、これも聞きそびれたものの一つですねえ。こうやって話をしていると、あたしは祖父に何にも聞かずじまいだったって、つくづく思っちまいます。そして、存外、多くのことを覚えているってこともね。

さっき、心に蓋をしてと言いましたが、あたしの蓋は端《はな》から罅割《ひびわ》れていたようですね。そこから、昔がじわじわと滲《にじ》み出してくるんでしょうか。

ええ……、祖母は寡黙な人でした。自分のせいで父親を死に追いやったという重荷を、一生背負ってしまった女です。背負った荷が重ければ重いほど、人は無口になるものですからね。祖母が百姓か漁師の娘であったら、事はもっと簡単だったのではと思いますよ。体面ばかりを重んじる武家の娘だったがために……、よしましょうかね。愚痴《ぐち》っぽくなります。

それにね、お春さん、あたしは祖母が不幸だったなんて、金輪際、思っちゃいません。むしろ、祖母はとても幸せだったんじゃないでしょうかね。本気で惚れた男と妻夫になれたのですから。

本物の不幸、災厄が突然襲いかかってきたのは、もう少し後のことです。

災厄という一言に、お春は身震いする。おゑんの淡々とした物言いを、淡々としているからこそ恐ろしいと感じた。

背筋を真《ま》っ直《す》ぐに冷たい汗が流れていく。

おゑんが、お春を見やり薄く笑った。酷薄な笑みに思えた。災厄を被った者ではなく、与えた者であるかのように思えた。

お春はさらに震えてしまう。

四

あたしの父親の話をちょいと挿《はさ》みましょうかね。とは言っても、あたしは、父の顔を知りませんでした。物心ついたときには、もう、どこにもいなかったのでね。

母は十六のとき、あたしを産みました。相手は祖父の弟子の一人で、上士《じょうし》……御家中組を統率する家の四男だったそうですよ。上士とはいえ、北国の小藩のこと、さほどの禄もなく上に三人もの兄がおれば、分家も独立も望めず一生を親や兄の厄介となるしかない。いわゆる曹司《ぞうし》住《ず》みにいずれはなるのではと、不安も不満も、あったでしょう。しかも、あたしの父となった人は、三人の兄と違い正室の子ではなく、側妻《そばめ》の腹であったようです。とすれば、なおさら屋敷内に居場所はなかったでしょうねぇ。

ともかく、父は医術を学ぶため、祖父の許《もと》に通っておりました。

そこで母を見初めたのです。

娘のあたしが言うのもなんですが、美しい女人《ひと》でしたからね。肌が白くて艶やかで、鳶色の眸がいつも潤んでいてねぇ……ええ珠《たま》のようでしたよ。あ、いいえ、珠ではなく玻璃《はり》の飾りかもしれませんね。少しでも粗雑に扱うと砕けて散ってしまう。美し過ぎて、そんな儚さを漂わせていましたね。子ども心にも感じてましたよ。怯えてもいました。

あたしのおっかさんは、何てきれいなんだろう。あんまりきれいだから、いつか、天の神さまが召してしまわれるのではないか……とね。

ふふ、似てないんですよ。あたしは、母親より祖父に、おっかさんよりお祖父さまに似ちまったようでね。儚さなんて、小指の先ほども持ち合わせちゃいません。人が生きていくうえで入り用なのは、玻璃の儚さじゃない、草々のしぶとさ。あたしは、祖父からそう教えられて育ったんです。

ええ、祖父はあたしに、実にさまざまなことを教え、伝えてくれました。医術の技も含めてね。たくさんの書を読まされ、薬の知識を教え込まれ、器具の扱いを習い……ふふ。

武術まで教わりましたよ。祖父の母国に伝わる体術のようなものをね。

祖父は多分、あたしが玻璃の儚さではなく、路草《みちくさ》のしぶとさを備えていると見抜いたのでしょうよ。四半分、異国の血の混ざった孫娘、その生きる方途を祖父なりに案じていたのかもしれません。娘ならまだ、自分の翼の下で庇護《ひご》できる。しかし、孫となるといつまで守り通せるか。

祖父はあたしの行く末を案じ、一人で生きる術を能《あた》う限り手渡そうとしてくれたと、今ならわかります。ふふ、けれどあの当時は、普段は優しい祖父が人の変わったように厳しく、眼つきさえ険しくなるのが、どうにも解《げ》せなくて、怖くて、よく泣いていましたね。

祖父は周りの男たちに比べて、抜きんでた身体をしていました。背丈も肩幅も大きく、下駄《げた》も草履《ぞうり》も、特別に拵《こしら》えねばならないぐらいだったのです。

そんな男に本気で叱咤《しった》されてごらんなさいな。年端《としは》も行かぬ少女なら身も心も竦《すく》むのは、当たり前じゃないですか。お祖父さまが怖いとか、嫌いだとか泣きながら母や祖母に訴えたことを、うっすらとですが覚えていますね。そして、祖父があたしにくれた言葉も。

「おゑん、人は生きねばならん」

あたしを前に座らせて、祖父は時折、呟くのです。

「生まれてきたからには、生きねばならん。生かされねばならん。死んでよい者など、どこにもおらん。人はみな、そういう風にできておる」

「でも、お祖父さま」

　と、あたしは背筋を伸ばします。

「それなら、咎人《とがにん》はどうなります。咎をうけ死罪となった者でも生かされねばならぬ者であったのでしょうか」

「そうだ」

「その者がどのような罪業を犯していたとしてもですか」

「そうだ」

「たとえば、たとえば……たとえば、人を殺《あや》めた者であってもですか」

「そうだ」

「それは、おかしゅうございます」

「ほう、おゑんはこの爺《じじ》の言うておることが、腑《ふ》に落ちぬか」

　祖父は目を細め、口元に笑みを浮かべます。ええ、こういうときの祖父はそれはもう、優しげな面持ちとなるのですよ。

「はい、ゑんは納得できませぬ。人を殺めた者が生かされねばならぬなど、おかしゅうございます。斬首《ざんしゅ》されるは当然のこと。いえ、いっそ、そんな者は生まれてこなければよかったのです」

「それは違うの」

祖父はゆるりとかぶりを振り、笑みを消します。そして、あたしを見詰めるのです。母よりやや薄い、鳶色の眸でした。

「それは違うぞ。おゑん、死んでよい者、生まれてこなかったらよかった者など、この世のどこにもおらぬ。犯してはならなんだ罪、償いようのない咎があるだけだ」

あたしは唇を噛《か》んで黙り込み、祖父はその顔を覗き込み、また笑むのです。

「まだまだ、納得できぬという顔だの」

納得なんてできやしませんよ。祖父の言うことが詭弁《きべん》のようにも戯言《ざれごと》のようにも聞こえたのです。そのくせ、何かしら深い真実を宿しているとも感じてしまうのです。

他の家なら、女が男である父や祖父に言い返すなんてこと、許されはしませんでしょう。そういう意味でも、うちはちょっと変わっていましたね。あたしだけでなく、母も、祖母も心のままに自分の意を語りました。「でも」や「わたしが思うには」や「そうではなく」が、あふれていましたよ。普段は無口で柔順な祖母さえ、心を押し殺して意にそぐわぬ語りをすることはありませんでした。思いの丈を言葉にすることの心地よさを、あたしはあたしの家族に教えてもらったのです。

お春さん、これも祖父が語ったことなのですが、言葉には外に出すべきものと、内に秘めたままにしておくべきものと二通りがあるのだそうです。秘めておくべきものを外に出せば禍《わざわい》となり、外に出すべきものを秘めておくと腐ります。

「腐る？」

お春は膝の上に置いた手に、我知らず力を込めていた。

「言葉が腐るのですか」

「ええ、祖父はそう言いましたね。言葉には命がある。命あるものは生かされなければ腐り、腐れば毒を出すとね」

あぁ、わかる。

お春は胸を押さえた。

よく、わかる。

言わず、言われず、胸にしまい込んだままの言の葉は、いつしか積み重なり腐り、異臭を放つ。身の内から漂ってくるその臭いを、お春は幾度も嗅《か》いだのだ。嗅ぎながら、気付かぬ振りをしていた。腐っていく言の葉から、想いから、目を背けて生きてきた。

おゑんがひょいと肩を竦めた。

おやおや、いけない。

いつの間にか祖父の話ばかり。あたしは、骨の髄までお祖父さん子のようでね。時々、自分でも笑っちまうぐらいですよ。ごめんなさいよ、お春さん。

話を戻しましょうかね。

あぁその前に、もう一杯、お茶を淹れましょうか。美味しいでしょう、このお茶。砂糖の量が肝なんですよ。入れ過ぎるとお茶の風味を殺すし、少ないとお茶の味を濁すだけになる。ええ、そうですよ。この茶の淹れ方も、祖父からの直伝になります。

さぁ、もう一杯、おあがりなさいな。飲みながら、あたしの話を聞いてください。

えっと、どこまで話したっけ……。そうそう、父が上士の家の四男で、祖父の弟子であったというところまででしたね。まだいくらも話しちゃいませんねえ。的外れのおしゃべりが多過ぎますかね。

だけどまぁ、なるべく順を追って話しましょう。わかりやすくね。祖父は数人の弟子をとっていました。その他にも、藩校で教えたりもしていましたね。そう考えれば、祖父なりにあの小さな藩に馴染《なじ》み、そこで一生を終える覚悟をしていたのでしょうよ。祖父の眸はいつも静かで、望郷の念に惑う色をあたしは見たことがありませんでした。

おっと、いけない。また祖父の話になりそうだ。ほんとに、困ったものですよ。

悶々《もんもん》と足掻いていたのは父の方です。父は曹司住みのまま終わりたくなかったのでしょう。どこぞから養子の口がかかる幸運を当てなく待つより、自分の力を頼りとして生きていく途《みち》を手に入れようと考えました。それで、祖父の許に来たのです。むろん、医術を習うためにです。

確かな医方を身につけ、磨き、鍛えあげ、いずれは御典医《ごてんい》にまで昇り詰める。もしかしたら、そこまでの決意があったのかもしれませんね。決意というより野心と呼ぶ方が相応《ふさわ》しいでしょうかね。ふふふ。ところが、父はそこで師の娘に出会ってしまった。他の女とは違う、儚げな風情《ふぜい》の佳人に父は一目で魅せられてしまいました。母もまた、まんざらではなかったようです。二人は契り、男と女の仲になりました。

父はそのまま、うちに養子に入る心づもりであったのです。しかし、上士の家からすると、藩から正式に禄を食《は》んでいるわけでもない、つまり、家臣の家でさえない、しかも、異国の男を主とする家に婿に行くなど言語道断、狂気の沙汰《さた》でしかなく、父は勘当同然に実家を追いだされました。それでも、父は母を思い切れなかった。

ちょっと美しい、芝居の筋書きにでもなりそうな話でござんしょう。

ともかく父は師の家で、婿として暮らすことになりました。

もはや御典医は夢と消えたけれど、城下一の医者との名声をいつか勝ち得てみせる。これはもう、明らかな野心を胸裡《きょうり》に棲《す》まわせた男の独り言。ええ、父は野心的な男であったようです。不遇な生い立ちが故の野心なのか、元来の性質《たち》なのか。

それはそれとして、二年後に赤ん坊が生まれ……はい、あたしです。あたしが生まれ、祖父母と父母とあたし、五人の暮らしはどこか歪《いびつ》ながらも静かに過ぎていくかに思えました。けれど、それは束の間に過ぎなかったんです。ほんの束の間の幻でした。

父が実家に戻ったのは、あたしが這《は》い這《は》いを始めたその日であったとか。ええ、父は妻と娘を捨てたのです。兄三人が次々と他界し、転がり込んできた後嗣《あとつぎ》の立場を守るために。

五

火鉢の中で熾火《おきび》がはぜた。

火の粉がいくつか、闇に散る。風の音が、ほんの少しだが弱まったようだ。

この家は竹林を背負っている。だから、風が吹く度に葉擦れの音が響く。今日のように風巻《しまき》が猛《たけ》る日、竹林は何か得体の知れない大きな生き物に変じたかのように、吼《ほ》え荒《すさ》ぶ。

「おゑんさま」

障子越しに末音がおゑんの名を呼んだ。

「今日は風が強うございます。お風呂はやめておきましょうか」

「あぁ、そうだね。そのほうがいいだろう」

おゑんの下で働くようになって、お春はまず、この家に風呂場があることに驚いた。武家屋敷でもない、ただのしもた屋なのにだ。しかも、その風呂に、おゑんは末音の調合した香油を惜しげもなく混ぜた。時には、薬草の入った木綿袋が二つ三つ、浮かんでいることもある。胎《こ》を孕んだとき、その胎を流したとき、赤子を産んだとき、女の心身は変化し、軋《きし》み、ひどく傷みもする。それを癒《い》やすのに、香油や薬草の湯は効能があるのだと、おゑんから教わっていた。

「火の元には、十分気をつけておくれね。あ、それからね、末音」

「はい」

「悪いけど、明日の朝、薬膳粥《やくぜんがゆ》を作って、お鈴さんのところに運んでおくれ」

「心得ました。他には？」

「それだけさ。おまえも早く、お休み」

「はい。では、そうさせていただきます」

末音の足音が遠ざかる。

炭がまたはぜて、火花を散らす。

「……お春さん、気が付いてましたか。末音もまた、異国の者なんです」

「あ……はい」

うなずく。うっすらとだが感じてはいた。末音はおゑんと違い、眸は黒く身体付きも華奢《きゃしゃ》で、どことい って変わりはないように見える。しかし、全身から漂う雰囲気が異質だった。どう異質なのか、お春には上手く語れないのだけれど。


そう、気が付いていましたか。末音は祖父と同じ定めの者です。あの北の浜辺に流れ着きました。確か、あたしが……四歳になった春のことでしたね。もちろん、祖父の生国とは違う国の人間です。清国《しんこく》あたりの人間ではないかと大人たちがうわさしていたのを、聞いた覚えがありますね。ええ、末音は何も語りません。当時も今も、ね。望郷の想いを口にすることさえ、一度もありませんでした。少なくとも、あたしは耳にしたことはないですよ。ええ、ええ、ただの一度もね。

祖父は、生きて流れ着いた異国の女を自分の許に引き取り、末音という名を付けました。末音は薬草や香草に関する深い知識を持っていました。祖父は、その知識を医術の場に役立たせようと考えたのです。もちろん、自分と同じ境遇の女を憐れにも想ったのでしょう。末音を庇護し、役人たちから守りもしました。

末音は祖父に対し深い感恩《かんおん》の気持ちを抱いていたようです。そして、あたしを可愛がってくれましたよ。あたしは、祖父だけでなく末音からも薬草や香草の知識を学んだのです。時をかけて、ゆっくり、たっぷりとね。

人の心、特に女のそれが、香りというものと深く結びつくもの、心と肉体が分かちがたくあるということも、です。

あぁ、ごめんなさいよ。

父親の話をしている途中でしたね。ふふ、どうもねぇ、ちょっと話しづらいところがあるもんで、つい、逸らしちまって……。

え？　あぁ、そんなんじゃあ、ありません。お春さんは他人《ひと》の話を、無理やり聞き出したりできやしませんよ。むしろ、あたしがしゃべりたいんです。いつか、誰かに、父のことを語りたかった。あたしの内から一度、吐き出してしまいたかったんです。だから、聞いておくんなさいな。

ええ……父は実家に帰りました。当主として迎え入れられたのです。

人の運命ほど不確かなものはありませんね。船が難破し異国に漂着することも、勘当同然に家を出された身が、兄たちが次々横死《おうし》したことで——長兄だけは赤疱瘡《あかもがさ》のため亡くなったのですが、次兄は落馬で、その下の兄はつまらぬ口論の果てに流れ者の俠客《きょうかく》に殺されたそうです——、当主となることもあるのですからね。不思議といえば不思議、面白いといえば面白いのが、定めってもんでしょうか。

あたしは、突然、父がいなくなっても寂しいなんて感じませんでした。祖父も祖母も母も傍《そば》にいてくれたので。あまりに幼かったってのもあるでしょうが、寂しさって情は厄介で、どんな童《わらわ》であっても、惚《ほう》けた年寄りであっても、心に染みてきちまうんですよ。お春さんなら、わかるでしょ。

人の心と寂しさってのは、相性がいいんでしょうかね。ほんとに、どうしてああも易々《やすやす》と心は寂しさに染め上げられてしまうんでしょうか。祖父や末音は、染みてくる寂寥《せきりょう》にどう耐え、どう向かい合ってきたのかと……おっと、いけない。また、話が迷うところだった。これじゃ、酔っ払いの千鳥足だね。

あたしは平気でした。けれど、母はそうはいかなかったようです。当然ですよね。子まで生した男が、いなくなっちまうわけですから。父は去る間際に、母に約束したそうです。

「家を継ぎ、諸事が落ち着けば必ず迎えに来る。瑞乃を正室として迎え入れるゆえ、しばし、堪忍して待て」

とね。母は父の約定を信じました。父の心を信じたのです。

父は実家に帰り、家を継ぎ、当主となり、組頭としての地位を手に入れました。末端ながら、藩政に携わる者として執政の座についたわけです。

母は待っておりました。待つより他に何もできなかったのです。

一年、二年、三年……。

父から何の沙汰もないまま、月日だけが過ぎていきます。最初のうちこそ、月に一、二度あった音信も途絶え、母の文にはただ一言の返事もないままとなったのです。

当主となって五年目、父は正妻を娶りました。藩主の傍系ながら、藩政に隠然たる力を持つ重臣の娘であったそうです。

母は捨てられました。父は、瑞乃という女を側妻《そばめ》として迎える気さえなかったのです。もっとも、申し出があったとしても母が受け入れるわけはなかったのですが。余程贔屓目《ひいきめ》に考えれば、父は母の物静かな心根の底に流れる激しい気性を見抜き、知り尽くし、側妻に召すとは言えなかった……いえ、やはり、贔屓目に過ぎますね。

父は母を捨てた。

男が女を裏切った。

いつの世にも、よくある話です。どこにでもある話。だからといって、捨てられた女の苦しみ、つらさが薄まるものじゃありませんよ。千人、万人の女一人一人に、それぞれの傷ができます。深く抉《えぐ》れたもの、引き裂かれたもの、膿《う》み爛《ただ》れたもの……一つとして同じ傷はありません。けれど、癒やす方法は一つです。

傷に瘡蓋《かさぶた》ができるまで、耐えて生きること。

お春さん、あたしには、今でも思い出す母がおります。不意に、眼裏《まなうら》に浮かんでくる母の姿があるんですよ。


おゑんはそこで、静かに一つ息を吐いた。

お春は、火鉢に炭を足す。

「お湯を沸かしてくださいな」

おゑんが言った。

「とびっきり熱いお茶が飲みたくなりました。淹れてもらえますかね」

「はい。すぐに用意いたします」

お春は五徳を炭火の上に置き、鉄瓶をかけた。手をかざすと、熱が伝わってくる。じんわりと身体の芯まで伝わる熱だ。

今日ほどじゃないけれどと、おゑんは話を続けた。

今日ほどじゃないけれど、風の強い夜でした。海近くに住む者なら知っているでしょうが、風の強い夜って海鳴りと風音が混ざり合い絡み合って、地の底からも天からも音が鳴り響いてくるのです。夜そのものが、揺れているようでもありました。

あたしは、ふっと目を覚ましました。風の音が怖かったわけじゃありません。生来図太い性質なのか慣れっこになっていたのか、風など気にせず、ぐっすり寝入っていたのです。だのに、ふっと目が覚め、あたしは寝返りを打ちました。そして見たのです。

眼を開けたまま、じっと天井を見詰めている母の姿を。瞬き一つ、していませんでしたよ。眸《ひとみ》が鳶色ではなく、青白く光っていました。ええ、鼻も口も顔の輪郭も全て闇に沈んでいるのに、眼だけは青白く浮いていたんです。怖くはありませんでした。なぜだか、怖いとは僅かも感じなかったんですよ。

この仕事を生業《なりわい》とするようになって、あたしは、青白く光る眼をした女たちに出会いました。年齢も姿形も身分も生まれも、ばらばらな女たちが一様に、あの夜の母と同じ眼の色、眼の光を見せるのです。

怨嗟《えんさ》、悲憤、悲嘆……あの光に男たちは、好き勝手に名を付けます。そして、面白おかしく語ろうとします。あの女は自分を捨てた男を怨《うら》み、鬼と化した。角を生やし、牙《きば》を剝《む》き出し憎い男の喉を裂いたと。でも違うのです。あの青白い光は、女が己の内の未練を焼く炎であったのです。男を忘れるために、赦《ゆる》すために、捨て去るために、焼き尽くす、その炎であったのです。

あたしは、近頃やっと、そのことに気が付いたんですよ。お春さん、女は鬼女になどなりゃあしません。それは全て、男の作り事です。女の青白い炎を思い違えての作り話です。ええ、母は耐えて、生き延びました。あたしを育て、祖父の手伝いをし、病や怪我《けが》に苦しむ人々の世話に専念しておりました。

祖父は藩の許しを得て、家の裏に小さな治療院を建てていました。小さいといっても、数名の患者が寝泊まりできる部屋と診療場のある二階家でしたが。

母は、日がなそこで働き、眠るためだけに母屋《おもや》に帰ってくるような日々を過ごしていました。患者たちの世話をすることが、母の生きがいになっていたんでしょうね。

あのまま、時が経っていたらと、考えることがあります。考えても詮ないこととわかっていながら、つい考えてしまうんですよ。あのまま、あたしたちは質素で忙しく、でも、満ち足りた日々を続けることはできなかったのかってね。もし、続いていたら……ふふ、よしましょうね。これじゃまた愚痴になっちまうもの。あら、湯が沸きましたか。ええ、濃く熱いお茶をお願いします。お春さんも、おあがりなさいな。

災厄は、最初、海の彼方《かなた》からやってきました。浜辺に一艘《そう》の小舟が流れ着いたのです。中には男が一人、横たわっていました。生きていました。ただ、間もなく死ぬのは誰の目にも明らかでした。男は痩《や》せさらばえ、恢復がとうてい見込めぬほど衰弱していたのです。

六

あたしは、その男を知りません。この目で見たわけではなかったんですよ。最初にその男を見つけたのは、漁師の倅《せがれ》だったそうです。十になるかならずの男の子でした。浜辺に打ち上げられていた小舟を何気なしに覗いたんだとか。子どもってのは、何でも覗いたり、突っついたりしたいものですからね。

男は仰向けに倒れていたのか、うつ伏せだったのか……どちらにしても、男の子はびっくりしたでしょうよ。

異国の衣を纏《まと》った男が、瀕死《ひんし》の男がいるなんて、夢にも思ってなかったでしょうから。男の子から村の大人へ、大人から名主へ、名主から役人へと、報《しら》せは順送りに繫がりました。男はひとまず番屋に運び込まれ、筵《むしろ》の上に転がされておりました。死体であろうと息をしていようと、浜に漂着した者はまず番屋に運ぶ。それが習わしであったのです。

祖父も番屋に出向いて行きました。役人に呼ばれたんですよ。男にはまだ息があり、きれぎれに異国の言葉を話したからです。

あ、番屋といっても、お江戸の木戸番や自身番とは、ちょいと違うんですよ。番太《ばんた》がいるわけじゃない。ただの漁師小屋です。寄合所《よりあいじょ》の役割もあって、村の揉《も》め事や行事で人が集うとき使われる小屋でした。

村の番屋は、海を見渡せる小高い丘の上、城下から三里のところに建っていました。

祖父が駆けつけたとき、男は既に息をしていなかったそうです。

「医者でなく、坊主を呼ぶべきだったな」

役人は祖父と男の骸《むくろ》を前にしてつまらぬ冗談を口にし、一人、笑ったとか。生きていればあれこれ煩《わずら》わしい手続きをせねばなりませんが、骸であれば無縁仏として埋めておしまいになる。ほっとしたのでしょうよ。昔も今も、役人なんてのは、面倒事を蛇蝎《だかつ》より嫌うもんですからね。

でも、祖父はそうはいかなかった。

男の有様が気になってしかたなかったのです。口中と瞼《まぶた》の裏が爛れ、歯茎には出血の痕《あと》、そして、全身の衰弱の様も、単なる漂流者のそれではないと見受けられました。

これは、おかしい。

医者としての直感でした。

湯呑みから顔を上げ、お春は身震いした。熱い茶をすすったばかりだというのに、身体の芯が凍てつく。しんしんと冷えていく。

「風が少し、収まりましたね」

おゑんが視線を部屋の中に巡らせる。

昏《くら》い眼差《まなざ》しだ。

底のない闇、得体の知れない昏さが巣食っている。

「おゑんさん」

湯呑みを置き、お春は膝の上に手を重ねた。

「もう、けっこうです」

「けっこう？」

おゑんの眼から昏みが消えた。昏みを裂いて光が走ったのだ。お春が思わず竦んだほど鋭い光だった。しかし、それも一瞬で消えた。

くすっ。

おゑんが笑う。

「だめですよ、お春さん。今さら逃げちゃだめです。そんなこと、あたしが許しません」

「おゑんさん……」

「知りたいって言ったのは、あんたなんですよ。それなら、最後まで聞かなくちゃあね。ねえお春さん、他人の来し方を掘り返すつもりなら、それ相応の心構えってもんがいるんですよ。ただの片心《かたごころ》から鼻を突っ込んじゃ火傷《やけど》のもとになるだけ。ふふっ、あんたなら、そんなこと、とっくにわかっているでしょうけどね」

おゑんの笑みは無垢《むく》な童《わらわ》のようにも、狡猾《こうかつ》な年増のようにも見えた。

異な人だ。

誰とも違う。そのくせ、どこかで出会った誰かと重なる。

お鈴の顔が浮かぶ。先刻、むせび泣きながら己の想いを語っていた。お鈴だけではない。ここを訪れる女たちは、みな一様に寡言《かげん》で虚ろで、他人から目を逸らそうとする。けれど、いつの間にかしゃべっているのだ。

ぼそぼそと、あるいは堰《せき》を切ったように、己の負うた荷の重さを語る。お春もそうだった。しゃべってしゃべって、しゃべり終えてふと気が付くと脚に力がよみがえっていた。荷が軽くなったわけではない。現《うつつ》の何が変わったわけではない。

でも、その荷を背負って立ち上がる力が脚と心に芽生えている。

しゃべって、しゃべって、しゃべり終えて……。もう一度生きるために、もたもたと立ち上がり歩こうとする女たちに何人も、お春はこの家で出会ったではないか。

あぁ、あんよを覚えた赤子みたいだ。

そう感じたではないか。

おゑんの許で他者の話を聞くとは、そういうことだ。受け流してはならない。いなしてはならない。恕《ゆるが》せにしてはならない。

心構えがいる。

他人の全てを引き受ける心構えがいる。

もしかしたら……。

お春は息を吸い、おゑんの眸を覗き込んだ。

もしかしたら、おゑんさんはあたしを試しているのだろうか。あたしが、逃げないか。あたしに心構えがあるのか。あたしは〝聞く者〟になれるのか、試そうとしているのだろうか。

おゑんは昔を語っているけれど、見据えているのは明日だ。過ぎた年月ではなく、これからの日々だ。

お春は腹に力を込めた。おゑんの眼差しを受け止め、背筋を伸ばす。

おゑんが静かに茶をすすった。

祖父は男の遺体をすぐに焼くよう役人に進言しました。しかし、役人はその申し入れを拒んだのです。

そんな前例は一つもない。

それが役人の言い分でした。漂着した死体はそれがどのような形をしていても、検分書に書き留めたのち、埋葬するのが習わし。役人は、その慣例に従い、いっさいの例外を認めようとはしなかったのです。

祖父は引きさがるしかありませんでした。

帰宅した祖父の口から、あたしたちは憐れな男の話を聞きました。囲炉裏《いろり》のほとりで、あたしは昔語りを耳にしているような面白味を感じていましたね。母は真顔で、祖母は胸の前で手を合わせ聞き入っていましたよ。

茶碗の割れる音がして、みなが一斉に振り向くと、そこに末音が立っていました。

真っ青な顔をして、震えていたのです。

「……あれだ……あれが来た……」

当時の末音は今ほど、この国の言葉が達者ではありませんでした。普段の挨拶や語らいにはまったく支障はなかったのですが、感情が昂《たかぶ》ると、上手く、言葉が出てこなくなるのです。もっとも、末音が心を昂らせることなんて、めったにないんですけどね。ええ、昔も今も、静かな女でござんすよ。

その末音が取り乱し――あたしの目にはとても異様に映りました――震え、やがて震えながら地団太《じだんだ》を踏み始めたのです。

「災厄だ、災厄がついに来た。とうとう、来てしまった」

末音は叫び続けました。叫びは、やがて異国語となり高く尾を引いて響きました。あたしはもちろん、祖父にも祖母にも母にもまるで解せぬ言葉です。解せぬけれど、震恐《しんきょう》だけは伝わってきました。尋常でないもの、ただならぬ事が迫っているとも感じられました。あたしたちは、末音の気が触れたとも、妄想に取り憑《つ》かれたとも考えなかったんですよ。祖父は末音に薬湯を飲ませ、薬香を嗅がせました。

祖父の腕の中で荒い息をしていた末音。祖父の険しい横顔。血の気のない顔を見合わせていた祖母と母……今でもはっきりと眼裏《まなうら》に浮かびますよ。

浮かぶ？　いいえ、刻まれてますね。あの日から後に起こったことごとくが、あたしの内に刻み込まれちまったんですよ。刺青《いれずみ》みたいなもんですかね。消そうとしても消せやしませんね。消しちまう気もさらさら、ござんせんがね。ふふ、昔を消してなかったことにできるほど、あたしは剛力でも臆病でもありませんからねぇ。ふふふ。

末音を取り乱させた〝災厄〟の姿が露《あらわ》になるのに、そう時はかかりませんでしたよ。それはまさに、波旬《はじゅん》が襲いかかったとしか言いようのない災いでした。

最初の餌食《えじき》は、あの男の子でした。ええ、漂流者を見つけた漁師の倅です。

朝方、突然に食べた物を吐き、ひきつけを起こし、そのまま気を失いました。間もなく目は覚ましましたが、一刻もしないうちに口と鼻と瞼から大量の出血が始まり、三日後、息絶えたのです。続いて、村の子どもたちが次々と倒れました。みな、男の子の遊び仲間です。そして、その子たちの両親が……。

「はやりやまい？」

お春は呟いた。頰から血が引いていくのがわかった。おゑんがゆっくりと首肯《しゅこう》する。

「ええ、疫病です。それも、今までこの国にはなかった病でした。異国からもたらされた未知の病です」

まぁ、とお春は息を詰めた。空になった湯呑みを我知らず握りしめていた。

未知の病。それがどれほど恐ろしいか、言わずともわかりますね。こちらには、何の準備もなく、何の手立ても講じられないのです。いたずらに死人の数だけが増えていきました。漁師の村だけではありません。そこに出入りしていた仲買人や物売りを介して、病は徐々に城下にも広がっていったのです。

そういう事態になってやっと、藩は重い腰をあげました。事の重大さにようやく目がいったのでしょう。その時は既に、疫病は城下深くまで入り込み、奥女中までが倒れて城外へ運び出される有様でした。

はるか昔、末音が住んでいた異国の町もこの病に襲われ、末音を含む何人かは船で海へと逃れたのだと、あたしは後に末音自身から聞きました。船は難破し、生き残ったのは末音一人だったわけですが。

末音の話と自分の知識から祖父は、ともかく患者を人々から隔てること、遺体を焼くことを訴えました。まずは病をこれ以上広めないよう尽力するしかなかったのです。疫病は一度罹《かか》れば、八割近くが助かりません。しかも、患者と接した後、半日、遅くとも一日で症状が現れます。患者と病でない者を隔てれば、感染の広がりを抑えられるかもしれないと祖父は考えたのです。

患者は離れ小屋に集められ、遺体は次々と焼かれました。荼毘《だび》なんてけっこうなものじゃありません。小屋近くに大穴を掘り火を焚いて、そこに放り込むのです。

地獄絵図じゃございませんか。人を焼く臭いが立ち込め、その煙を嗅いだだけで死病に取り憑かれるとうわさが立ち、人々は怯え、息を潜めて生きておりました。けれど、本物の地獄はここからが始まりでした。

七

風の強い日でしたね。

今日のように。

病は一向に衰える様子を見せず、むしろ、勢いを増しているように、子どものあたしの目にも映りましたよ。

浜辺近くから遺体を焼く煙が幾筋も立ち上って……お春さん、知ってますか？　人を焼いた煙って少し青味を帯びているんですよ。青と灰色の間の色です。あれが彼岸《ひがん》の色ってもんでしょうかね。ふふ、まぁ子ども心に感じただけのこと。人を焼く煙なんて、本当は青くも白くも灰色でもないのでしょうが。

祖父は、文字どおり不眠不休の日々を送っていました。祖父だけじゃない、祖母も、母も医の道に携わる者として、懸命に働いておりましたよ。末音も、です。末音は遠い故郷で一度、あの病、猩々魔《しょうじょうま》に罹り、生き延びた者であったのです。祖父たちはあれを猩々魔と呼んでいました。誰が名付けたものでしょうね。唐土《もろこし》に棲むという霊獣の名をなぜ付けたりしたんでしょうか。猩々緋のような色の血を吐くからだと申した者がおりましたが……。

ええ……そうですよ。お春さん。あの病はね、罹った者全員が死ぬわけじゃないんです。助かる者も、確かにいたのです。そして、疱瘡《もがさ》や赤疱瘡と同じように、二度は罹らない病でもあったのです。

祖父は末音の話からそのことを察し、希望を見出しておりました。

「だいじょうぶだ。もうすぐだ。もうすぐだ。もう少しの辛抱だ」

当時の祖父は、呪文のように呟いていたものです。あたしたちに、患者に、怯える人々に、説いておりましたよ。むろん、ただの慰めなんかじゃありません。祖父は、手応えを得ていたのだと思います。

祖母が語ってくれたところによると、患者の中で、病に打ち勝ち命を取り留める者がしだいに増えていたのだそうです。むろん、まだ、多くの人が亡くなり、青い煙はゆらゆらとたなびいてはいましたが。

それまで罹れば八割近くの者が助からなかった病から、生きて戻れる者の数がだんだん増えていき、しかも、その中に女や子ども、老人までもが含まれるようになったのです。それに沿うように、新たな猩々魔の患者の数が減ってきました。

「だいじょうぶだ。もうすぐだ。もうすぐだ。もう少しの辛抱だ」

祖父が繰り返します。

猩々魔は峠を越え、鎮静へと向かい始めたのです。

「夜は夜明け前が一番、暗い。冬は春間近が一番、凍てる。今を乗り切れば夜が明ける。春が来る」

祖父はそんな風に、みんなを励ましました。

「だいじょうぶだ。もうすぐだ。もうすぐだ。もう少しの辛抱だ」

あの声が今でも耳に残ってますよ。太くて低くて、でも、よく響いて、とても気持ちの良い声でござんしたね。

祖母の声も覚えています。こちらは、いかにも女らしい優しげで柔らかなものでした。やっぱり、耳にして心地よかったです。

ええ、あたしは、どちらの声も大好きでしたよ。きっと死ぬまで、忘れないでしょうね。

「おゑん、そなたのお祖父さまのおかげで、たくさんの人が救われたんだよ」

祖母があたしの髪を梳《す》きながら、言いました。孫の髪の手入れをする余裕がやっと戻っていたのでしょうね。

普段、自慢話や手柄話を酷く嫌う祖母が、誇らしげに夫を称《たた》えたのです。振り返って見上げた祖母はうっすらと笑んでましたよ。幸せな女の笑顔でした。

祖母は祖父を誇らしくも、愛《いと》しくも想っていたのです。いい笑顔でした。あたしも釣られて笑いましたよ。ふふ、あたしも祖父が誇らしかったんですね。とても、誇らしかったのです。

お春さん、けどね、あたしたちは見誤ってたんです。

夜明け前の夜の暗さを、春間近の凍てつきを侮《あなど》っていたんですよ。いや、違いますね。あたしたちが甘く見たのは、人そのもの。人って生き物の、残忍さと狡猾さです。

おや、お茶が冷めちまった。

話が長くなり過ぎたんですね。おや、嬉しいね。熱いお茶を淹れ直してくれたんですね。

うーん……美味しい。

美味しい。美味しい。美味しい。

生きていると、こういう物に巡り合える。ありがたいことですよ。

刻が更けましたね。

話を急ぎましょう。

猩々魔は何とか治まろうとしていました。でもそのころから、海辺の村々を中心に藩政への不満が高まり始めたんですよ。

猩々魔の危急に対し、藩はほとんど手を打とうとしなかったのです。もう少し早く、もう少し有効に動いていたら、死者の数はずい分と減っていたでしょう。

しかも、重い腰をあげた執政の為したことといったら、患者と患者の家族——まだ発病していない人たちですよ——を小屋に押し込めたまま焼き殺し、村の周りを矢来《やらい》で囲み出入りの一切を禁じ、一歩でも外に出ようとした者を容赦なく斬り殺し、見せしめのために死体を杭《くい》にくくり付け、野ざらしにする、そんな無慈悲だけですよ。

人を人とも思わぬ所業でござんしょう。人々の胸の内には執政への不満が黒く重く、渦・巻いておりました。

この猩々魔だけに拘《かか》わっての不平不満じゃありません。それまでの、藩のあり方……毎年、これ以上は到底無理というぎりぎりの線を越えるほどの重い年貢や運上金《うんじょうきん》を取り立て、使役に駆り出し、何か事があれば容赦なく虫けら同然に殺す、そういうやり方に、百姓も漁師も耐えきれなくなっていたのです。

「昨年は獲《と》れ高《だか》のほとんどを運上金として、差し出さねばならなんだ。藩はわしら漁師の生き死になど、どうでもよいのだ」

村の古老が呻くように言い、辺りを見回した。矢来に囲まれた村の神社の境内に十人近くの男たちが集まっていた。隣村の百姓も数人交じっている。役人の監視を掻《か》い潜《くぐ》り、ここまでやってきたのだ。

その内の一人が口を開く。

「それは百姓も同じよ。とり入れた米は全て年貢として持っていかれる。いや、まだ足らぬと上乗せされ、泣く泣く娘を売る者さえおるのだ」

「今度の猩々魔の広がりだとて、藩はずっと高みの見物をしておった。足元の城下に飛び火してようやっと腰をあげたわけだ。しかも、その手立てというのが、この始末……」

古老が枯れ木と見間違うほどの痩せ腕をぐるりと回した。

「矢来でわれらを囲み、まだ息のある者を焼き殺す。惨《むご》いことではないか」

「もう少し豊かな暮らしができておったら、ろくに飯が食えんような暮らしでなかったら、こんなに死人は出なんだぞ」

「おうよ。そのとおりじゃ。それが証《あかし》に、敢《あ》えなく死ぬのは、みな、わしらではないか。大尽や偉いお武家は、助かっておると言うではないか」

「そうじゃ、まさに、そうじゃ」

「猩々魔にやられんでも、おそかれはやかれ、わしらは餓《かつ》えて死ぬぞ。このままではな」

「そうじゃ。いっそ、猩々魔で死んだ方が楽じゃわい。何もかもを取り上げられて食うや食わずで生きるよりの」

「病はいたしかたない。天の定めだ。しかし、運上金は違うぞ。お殿さまの裁量でどうにでもなるではないか」

「そうじゃ、せめて三年前の額に戻してもらいたいの」

「据え置きじゃ。三年間の据え置きじゃ。そうでないと、わしらは生き延びれん」

「強訴《ごうそ》か」

その一言に、境内が静まる。焚き火の焰《ほむら》が燃え上がり、枝木のはぜる音が響く。闇が濃くなり、男たちを黒く塗り込めた。

ええ、猩々魔の蔓延《まんえん》をきっかけとして、民百姓の間に溜まりに溜まっていた不満が膨れ上がり、破裂しそうになってたんですよ。一気にではなく、徐々に徐々に……女の腹に宿った赤子が育つようにね。赤子なら生まれてくれば愛らしくもあり、嬉しくもありますが、人々の耐えに耐えた怒りが形となろうものなら、藩にとって一大事、藩の根底を揺るがす厄介事でしかありません。下手をすれば、お取り潰しの口実を幕府に与えることになりかねません。

執政の面々は、この動きを摑み、どう対処したと思います？

領民を説得しようとやっきになった？　力尽くで抑え込もうとした？

いいえ、どちらでもありませんよ。やつらはね、領民の感情のうねりを他に向けようと企てたのです。治水工事の要領ですよ。暴れ川を宥《なだ》めるために、別に水路を作り、水の流れを分散する。

まったく、今も昔も政《まつりごと》を司《つかさど》る連中なんてのは自分の身を守るためなら、どんな非道でも行うものなんですね。

お春さん、わかりますか？　やつらが、はけ口に選んだのが、あたしの祖父なんですよ。人々のために必死に猩々魔と闘った異国生まれの医師なんです。

どうやったかって？

まずは、間諜《かんちょう》を使ってでたらめなうわさを流しました。猩々魔の因を密《ひそ》かに巷《ちまた》に撒いた者がいる。それは、あの異人だと。この国を滅ぼすために、異国の病の種を手に入れ、このあたりに散らしたのだと。それが証拠に、あの医者と家族は一人も猩々魔に罹っていないではないかと。

酷い話でござんしょう。確かに祖父もあたしたちも、無事でしたよ。特に祖父は患者たちと毎日のように接していたのに、病に侵されることはありませんでした。最初に異国の漂流者を吟味した役人たちは、早いうちに病に倒れ亡くなったというのに。

だけどそれは、祖父の頑強な身体と細やかな用心、さらに幸運があってこそ。どちらにしたって、祖父は何の罪も犯しちゃいませんよ。当たり前でしょ。

そのうわさが広まり、耳に入るようになったとき、祖母はひどく心を痛め、不安を訴えておりました。何か悪いことが起こらなければいいがと。

しかし、祖父は笑って取り合いませんでした。「わしが悪鬼《あっき》でないことは、誰もが知っている。そんなうわさを信じる者などいるものか」と。この地で生きてきた年月を祖父は信じていたのでしょう。自分は身も心もこの国の人間になっていると、思い込んでいたのでしょう。

しかし、祖父は違《たが》えました。誤ったのです。

あの日は風の強い日でした。

今日のように。

八

母に揺り起こされたとき、あたしは風が鳴っていると思いましたよ。半分、寝ぼけてましたからね。

あぁ、なんて風が騒がしいんだろうって。けれど、すぐに違うと感じました。あれは風の音なんかじゃないとね。風はヒューヒューと空から響くけれど、そのざわめきは低く地から湧いてくるように聞こえました。地鳴りのように迫ってきたんです。何より、目の前の母の顔が尋常ではありませんでした。手燭《てしょく》の明かりに照らされて、目尻が吊り上がり、顎が震えているのが見て取れたのです。

「おゑん、起きて。早く身支度をしなさい。早く、急いで」

あたしを急かす声も上ずり、震えていましたね。何もわからないまま、あたしは夢中で身支度を済ませました。それを待っていたかのように、ものすごい音が家中に響きわたりました。玄関の扉が押し破られる音でした。それに続き、声が……人の声が雪崩《なだれ》のように、怒濤《どとう》のように、流れ込んできたのです。

恐ろしい音でした。ええ……恐ろしいとしか言いようのない音でしたね。

「鬼、鬼、鬼」

「病をまき散らした鬼だ」

「殺せ、殺せ、殺せ」

「引き摺り出せ。引き摺り出して、わしらの前で天罰をくわえろ」

「一人残らず殺してしまえ」

お春さん、人の声ほど恐ろしいものはありませんねえ。あの夜、あたしには人の声が業火の燃え盛る音より恐ろしく聞こえましたよ。ええ……そう、近隣の村人たちが夜討ちをかけてきたのです。松明《たいまつ》を手に、鎌や鉈《なた》を手に、竹槍を手に、あたしたちに襲いかかってきたのです。

激しい物音とそれまで耳にしたこともない人々の喚《わめ》き声に、あたしは母にしがみついておりました。身体が震えて、震えて、止まりませんでした。

「逃げて、早く」

祖母が部屋に駆け込んできたのと、母があたしを抱き締めたのはほぼ同時でした。祖母は手燭の火を吹き消し、また一言、叫びました。「逃げて」と。

明かりが消える直前、あたしは祖母の顔を見ましたよ。血だらけでした。顔半分がべとりと血に汚れていたんです。あたしは、もう必死で母の腕を握りました。

怖い、怖い、怖い。

ただそれだけでした。

「瑞乃、逃げなさい、早く！　ぐずぐずしないで」

「お母さまは」

「わたしは、お父さまと一緒に残ります。おまえは何があってもおゑんを守るのですよ」

祖母はあたしと母を裏口の方に押しました。

「お母さま」

「おゑんまで巻き添えにしてはだめ。おゑんだけは何としても守りなさい」

母はあたしを抱きかかえるようにして裏口まで走りました。木戸に手をかけたとき、悲鳴が聞こえました。ただの一回きりでしたが、確かに聞こえたのです。

祖母のものです。

あたしも悲鳴を上げそうになりました。その口を母の手が塞《ふさ》ぎます。

「静かになさい。声を出してはだめ」

口を塞がれたまま、あたしはうなずきました。踏ん張らねばと思ったのです。ここで踏ん張らなければ、地獄に連れて行かれると。

裏口は狭い路地に繋がっていました。その路地の向かいには崩れかけた家屋がありました。元は干魚《ほしうお》の仲買人夫婦が住んでいたのです。数年前、二人して海で溺《おぼ》れ死に、それ以来空き家となり、朽ち果てようとしている家でした。

ねぇお春さん、人ってのは死ぬんですよね。海で溺れ、病に倒れ、崖から落ち、人に殺され……必ず死ぬのです。公方《くぼう》さまだって、天子《てんし》さまだって、同じですよ。誰も死からは逃れられません。それなのに、なぜ、ああも死を恐れるのでしょうね。あたしは死ぬのが怖くて、人というものが怖くて、その怖さゆえに、却《かえ》って、取り乱さずに済んだのです。皮肉なものです。

母とあたしは路地に出ると、腐り落ちた板塀をまたぎ、隣家の庭に身を隠しました。その直後、数人の男たちが松明を手に裏木戸から出てきたのです。

「娘と孫が逃げたぞ」

「逃がすな。捕まえろ」

「燃やせ。燃やしてしまえ」

あたしと母は草陰に身を潜め、石のように固まっておりました。

「首を刎《は》ねろ」

どよめきが家の中から起こりました。

「女房ともども鬼の首を刎ねろ。それで、災厄は治まるぞ」

「火で焼き尽くすんだ。そうしないと、鬼は何度でも生き還るそうだ」

「火を放て、火を放て。首を刎ねろ」

家の中で何が起こっているのか、あたしには何一つ思い至りませんでした。これが夢なのか現なのかも、定かではなくなり、頭の中に白い靄《もや》がかかり始めたのです。半ば気を失っていたのでしょう。ここから先、覚えがぷつりと途切れ何もわからなくなりました。この世の全てが白い靄に吸い込まれていくようでした。白い靄に覆い尽くされる寸前、あたしは祖父の笑顔を見ましたよ。あたしに向かって手を広げ、笑みながら「おゑん」と呼んでくれた祖父の顔を、ね。

気が付いたとき、あたしは畳の上におりました。掻巻《かいまき》のようなものが掛けられていたのを覚えています。

あぁよかったと、思いましたよ。

何もかも夢だったんだ。よかった、と。背中にあたる畳の硬さに、あたしは泣くほどの安堵を覚えたのです。畳の上で夜具にくるまって眠れる。それって、大層な幸せなんですよね。その夜その時、あたしはしみじみと幸せを噛み締めたものです。

ふっと甘い香りがしました。その香りに誘われて横を向くと、そこに末音が座っていたのです。行灯の淡い光に浮かび上がった姿は、あたしが思わず身を起こしたほど無残なものでした。髪は解《ほど》け背に流れ、小袖のあちこちは破れ、焦げ、血が滲んでいました。

「末音」

あたしは末音に向かって手を差し出しました。末音がしっかりと抱きとめてくれます。

血の臭いがしました。

夢ではなかった。あれは夢などではなかった。末音の姿と血の臭いが現を押し付けてきます。

夢ではない。決して夢ではない。

「かかさまは」

あたしは血の臭いにむせながらも、母の居所を尋ねました。

「かかさまは、どこにいるの？」

末音が答える前に、襖が開きました。着流し姿の男が入ってきます。

「お待ちください。お願いです、父をお助けくださいませ」

隣室から追いすがってきた母がその男の裾《すそ》にしがみつきました。

「お願いです。一刻も早く、あの騒ぎを鎮めてください」

「無理だ」

男は母を見下ろし、その一言を絞り出すように告げました。

「瑞乃、先生のことは諦めろ。もう手遅れだ」

「手遅れ……手遅れとは……既に父も母も生きていないと……そう言うておられるのか」

「……わかっているなら、もう騒ぐな。それよりも、ゑんと一緒に落ちのびることだけを考えろ」

男はあたしをちらりと見ました。本当に、ちらりとね。

その男が父だと、そのとき、あたしは解しました。母はあたしの父親、昔、夫だった男の屋敷に逃げ込んだのです。父はそのときは既に、藩政の中枢におりましたから、母が助けを求めるのは至極当然だったのです。

「父を母を何とぞ、お助けくださいませ。お願いです」

母の必死の懇願を父は、かぶりを振る仕草一つで退けました。

「諦めろと申したはずだ。先生は既に……」

「あなたの師ですよ」

母が叫びます。

「師が暴徒に襲われているのを見て見ぬ振りをするおつもりですか」

「いたしかたない。やつらは、先生を災厄の元凶と信じておる。止めることはできなんだ」

母が身体を引き、まじまじと父を見詰めます。その眸《め》が青く瞬いたのです。炎が凍ればこんな色になるのかとも思う、青でした。

「あなたは……こうなることを、とうに知っていたのですね。父をめぐる根も葉もないうわさが広まっておりました。そのうわさに煽《あお》られて人々が父を襲うことを……予《あらかじ》めわかっていらした……違いますか」

「何を戯《たわ》けたことを。瑞乃、そなた、いささか錯乱しておるのだ。無理もないが……」

「いえ、錯乱などしておりませぬ。あなたは執政の一人、予め村人たちの動きを知ることは容易いはず。いえ、いえ、いえ」

母が頭を振ります。半ば解けた髪がばさばさと背中で波打ちました。

「もしや、あなたご自身が父を陥れたのではありませぬか。埒《らち》もないうわさを流し、人々の不平不満を逸らそうとした。その人身御供《ひとみごくう》に父を選んだ」

「瑞乃、口が過ぎる！　慎め」

母の眸はさらに青味を増し、夫であった男を見据えます。父は顔を背け、小さく唸りました。

「わしは……何も知らぬ。何も知らぬぞ」

その呻きは中身とは逆に、罪状を明らかに語っていました。

父は知っていたのです。執政たちの姦計《かんけい》も、師であるかつての義父がその犠牲となることも、十分に承知していたのです。

「あなたは……わたしたちを見殺しにしたのですね。おゑんまで……あなたの実の娘まで、見殺しにしようとした……」

「瑞乃」

父は片膝をつくと懐から袱紗《ふくさ》包《づつ》みを取り出し、母に押し付けました。

「この金で、逃れろ。もしや……もしやと思い道中手形も用意してある。このまま、江戸へでも逃れるのだ」

「あなた……」

「わしにできる精一杯の贖《あがな》いだ」

「贖い……」

母が微笑みました。仄かに笑んだのです。それは、怖《お》じるほどに美しい笑みでした。

「真の贖いなら別のものをいただきとうございます」

「何？」

父がとっさに身を起こそうとします。そのときには、母はもう懐剣の鞘《さや》を払っておりました。そのまま、父の懐に飛び込んでいきます。末音があたしを抱き締め、視野を塞ぎます。くぐもった悲鳴の後、人の倒れる気配が伝わり、血の臭いが一際、濃く揺れました。人払いをしていたのか、座敷が母屋から遠い離れだったのか、辺りは静まったままです。静かでしたよ、とてもね。

「おゑん」

父の返り血を浴びた母が、あたしの名をゆっくりと呼びました。

九

「おゑん、江戸に行こう」

母はあたしに手を差し出しました。

べっとりと血がついていましたよ。父の血がね。あたしは、末音の袂《たもと》を摑んでいた指をゆっくりと離しました。

母が抱き締めてくれました。親に抱かれるような歳は、とっくに過ぎていたのですけれど。ええ、でも、あたしはしっかりと母に抱きつきましたよ。強く、固く、母に縋っていないと遠く隔てられてしまう。そんな恐れにあたしは慄《おのの》いていたんですよ。

怖くて、怖くて、たまりませんでした。村人に追われ逃げ出したときより、ずっと、ずっと怖かったのです。

母は父の血に塗《まみ》れていました。血と汗と母の匂いに包まれて、あたしはまた、ふうっと気が遠くなります。

「瑞乃さま」

末音が母を呼んだのは、そのときです。低く強張った、しかし、くっきりと耳に届く声でした。それで、あたしは気を失わずに済んだのです。

「急ぎましょう。家の者に気付かれては面倒です」

母はうなずき、もう一度、あたしに囁《ささや》きました。

「おゑん、江戸に行こう」


おゑんが深く息を吐く。つられたわけではないが、お春も吐息を漏らしていた。

風は、はたりと凪《な》いでいる。何の物音もしない。潮騒に似た竹林のざわめきが消えてしまうと、おゑんの家は静寂に閉ざされる。この静寂は、お春をときに強く締めつけ、ときに優しく慰めてくれる。

「父が用意してくれた金子《きんす》と道中手形を使い、あたしたちは江戸に出てきました。どういう伝手《つて》があったのか、母と末音は、さる町医者の屋敷に住み込んで働くようになりました。

もちろんあたしも一緒でした」

おゑんはそこで目を伏せ、手の中の湯吞みをゆっくりと握った。

お祖父さまと、お祖母さまは？

問い掛けの言葉をお春は、湯吞みの底に残ったお茶と一緒に飲み下す。

苦かった。

おゑんが微《かす》かに笑んだ。お春の胸裡を見透かしたような笑みだ。

「祖父と祖母は首を落とされ、生首は腐り崩れるまで河原に晒《さら》されたとも、生きたまま火に炙《あぶ》られたとも聞きました。北国の故郷から遠く離れた江戸で耳にした風説。どこまでが真《まこと》でどこからが虚《いつわり》なのか、あたしにはわかりません。ただ、祖父と祖母が惨い死に方をした……、それだけは確かでしょうね」

「……母上さまは何と……」

「母は何も言いませんでしたよ。一生、故郷のことも、父母のことも、夫のことも何一つ、口にせぬまま逝きました。いえ……」

おゑんがふっと、視線を空に漂わせた。お春もその視線の先を追って、顔を上げる。

闇に沈んだ天井があった。

「一度だけ……一度だけ、呟いたことがありましたね。亡くなる一月ほど前でしょうか。

母は……胎《こ》を孕んでいました」

えっ、それじゃあ、と声が漏れてしまった。慌てて口を押さえる。おゑんは、いいのだと言う風にかぶりを振った。

「ええ、世話になっている医者の胎でした。母は、その医者の妾《めかけ》となっていたのです。世話になっているうちにそうなったのか、端からそんな約束だったのか……あたしには、わかりません。この家と同じように裏に竹林があるしもた屋をあてがわれて、月に二度か三度、総髪の医者が通って来てましたっけ。そのころ、江戸では評判の医者で裕福な男だったようです。『あの人、いい人なの』と尋ねたことがありますよ。あたしも、財力で女を囲った男が女に何を求めるかぐらい、さすがにわかっていましたからね。母が医者を好いたからこそ、妾になっていると信じたかったんでしょうよ。今思えば、ずい分と惨い問いでしたね。好きも嫌いも、あの医者がいなければ、あたしたちの江戸での暮らしは成り立たなかったんですから」

お春は、うなずいた。

江戸で、女が誰にも頼らず生きていくのは至難だ。よく、わかっている。身に染みてわかっている。

「母が何て答えたと思います？　首を傾《かし》げ『あの人って？』って聞き返したんですよ。惚《とぼ》けたわけじゃありません。母には本当に『あの人』が誰だかわからなかったのです。腹の胎の父親になる男なのに……母にはもう、男という男は誰も、朧《おぼろ》で幻の者。現の身体など持たぬ者たちだったのでしょう。父親が殺されたときから、夫を殺めたときから、母の魂はどこか一部が膿んで腐り落ちてしまったのかもしれませんね。お春さん、何度も言いますが魂と身体は繋がっています。分けようがないほど結びついているんですよ」

「はい」

魂は気力を生む。そこを傷めることは、生きようとする気力を殺《そ》ぐことだ。気力だけで病や傷は癒えない。しかし、気力を失えば、いかに高直《こうじき》な薬も名医の治療も効果を半減させる。気力が萎えたばかりに、二度と起き上がれなかった女たちを、お春はおゐんの許で幾人も看取ってきた。気力を奮い立たせ、生き直すために足を踏み出した女たちもまた、多く見てきた。

「そんな魂のまま赤子を産むのは、たいそう危ないこと。死と隣り合わせに座るようなものです。けれど……母も医者の娘。自分の身体がもたないことはよぉく承知していたでしょうよ」

「死を覚悟していたと……」

「ええ、むしろ、望んでいたんじゃないでしょうかね。あたしはそう思います」

おゑんの視線が、お春へと戻ってくる。

強靭《きょうじん》な眼差しだと、感じた。

来し方に心を奪われ、現を見据えることを忘れる。そんな眼ではなかった。

おゑんは、今、ここにいる己を確かに保っている。

この人なら、死を望むことなどないだろう。死で全てを閉じようとは考えないだろう。

そして、あたしも。

お春は腹の上に手を置いた。一度、ここに胎を宿した。儚く消えはしたけれど、命が一つ生きていたのは間違いない。

生きていたのだ。

このごろ、本当にやっとこのごろになって、そう考えられるようになった。あたしは、失っただけではないのだ。命を身の内に抱えていた。その思い出を手に入れたのだ。

忘れまい、忘れまい。一時でも、あたしのものだったあの命に恥じないよう、生き抜いてみよう。生き抜いてみせる。

おゑんの母は、そう考えられなかったのか。あまりに疲れ、生きることに倦《う》んでしまったのか。

「亡くなる一月前、母はあたしに呟きました。いえ。誰にともなく呟いたんですよ。『わたしは赦せるだろうか。赦されるだろうか』と」

どういう意味なのだろう。お春は瞬きし、おゑんを見やった。おゑんは続ける。

「母は、人々を赦したかったんでしょうよ。惨いやり方で父母を殺した人々を赦して死にたかったんですよ。そして、赦されたかった。男を一人殺めた罪を赦されたかった。赦さぬまま、赦されぬまま死ぬことを恐れたのです。母は月足らずで男の子を産みおとしました。生まれて二刻も生きなかった赤子です。とても小さくて……、でも、黒いきれいな眸《め》をした子でしたね。今でも、たまに、あの眸を思い出します。二刻しか生きなかったけれど、この世の全てを知り尽くしたような眸でしたから。母が逝ったのは、それからさらに二刻ばかり経ってからです。母の息が絶える寸前、あたしは母の耳元で告げました。『お母さま、あたしが全部、赦してあげる。何もかも全部赦してあげる』とね」

おゑんさんらしい。ふっと、そう感じた。幼いころも、娘のときも、今も、おゑんさんはおゑんさんなのだ、と。

「母上さまは、何とおっしゃいました」

「何も……。目を閉じたまま、微かに唇を動かしただけでした。そのまま、すうっと息を引き取ったんです。祖父や祖母に比べれば、人らしい穏やかな最期でしたよ」

そうだろうかと、お春は俯《うつむ》く。

そうだろうか。赦すことも赦されることもあやふやなまま逝かねばならない女の最期を、穏やかと言っていいのだろうか。

おゑんが横を向く。

「罪や業を背負わずに死んでいける者なんて、いませんよ。誰もが赦したい、赦されたいと望みながら逝くんです」

お春は、白い横顔を見詰めたまま少しだけ、膝を進めた。

「そうでしょうか。おゑんさん、もしかしたらおゑんさんなら、いえ、あたしたちなら、何も背負わず逝けるかもしれませんよ」

おゑんが顔を向ける。お春をまじまじと見詰める。まるで、見知らぬ者を見定めるように凝視してくる。お春はその視線を受け止め、居住まいを正した。

「死ぬ間際にならなければわからないけれど、もしかしたらできるかもしれないじゃないですか。あぁ、よく生きたと満足して、死ねるかもしれません」

「どうかねぇ」

おゑんが唇の端を持ち上げた。

「むしろ、悔やみや未練をいっぱい背負って、赦してもらいたいことも、赦したいことも千も万も抱えて、あの世に発《た》たなきゃならないってことも、ありですよ、お春さん」

「じゃあ、抱えましょうよ」

お春もにやりと笑んでみる。狡猾で、蓮《はす》っ葉《ぱ》で、逞《たくま》しい笑みだろう。そういう笑い方ができるまでになった。

あぁいいさ。何でも背負ってやる。生きて生きて生き抜いて、その上で背負う荷なら仕方ない。背負い足らなきゃ抱えて、あの世まで歩いてやる。

そう簡単に赦せるものか。

そうも容易く、赦されるものか。

風がまた吹き始めた。

竹林が鳴る。

おゑんの故郷、北の国にはどんな風が吹き荒んでいるのだろうか。おゑんの祖父や祖母を惨殺した者たちは、それに加担した者たちは、死の間際に赦しを乞うて祈るだろうか。

おゑんが立ち上がる。

「何だか、長話をしちまったね。お春さんがあんまり聞き上手だから、洗いざらい話しちまいましたよ」

洗いざらいではない。母と死に別れてからの年月をおゑんは語っていない。それはまた、別の話というわけか。

お春も立ち上がる。今、何刻あたりだろう。長い長い一夜を過ごしたようにも、ほんの束の間座していただけの気もする。

「明日は付き添って、お鈴さんを歩かせてくださいな。家の周りをぐるりとね」

お春が首肯したとき、小さく、慌ただしい足音がした。おゑんの気配が、すっと引き締まる。障子が開き、末音が叫ぶ。

「お鈴さんの様子が！」

おゑんは既に廊下に飛び出していた。

十

おゑんに続き、お春も部屋に駆け込む。お鈴は夜具の上にうずくまり、低い唸り声を上げていた。獣の威嚇《いかく》の声にも似ている。

末音がおゑんとお春に白い上張りを手渡す。

「お鈴さん、どうしました」

上張りに手を通しながら、おゑんはお鈴の傍らに跪《ひざまず》く。お春はその後ろに膝をついた。医術の知識のほとんどない身では、こういうとき、黙って見ているしかない。

「……下腹が痛い……締めつけられるみたいで……、痛いんです」

おゑんを見上げたお鈴の額には汗が噴き出ていた。頬を伝い流れ落ちる。真冬だというのに、お鈴は汗に濡れているのだ。顔は赤く、息は荒い。かなりの高熱が出ていると、一目で知れた。

「明かりを」

おゑんが低いけれど、よく通る声で命じた。

そうだ明かりだ。それに、湯がいる。

お春は、南部鉄の燭台に蠟燭《ろうそく》をつけ、火を灯した。遊郭で使うような百目《ひやくめ》蠟燭だ。それを夜具の左右に置き、さらに手燭を灯す。

「痛い……苦しい……おゑんさん、助けてください……」

「だいじょうぶ。もう、だいじょうぶですからね。仰向けになって。いいですか。ちょっとお下《しも》を診ますよ。股《また》を広げて」

お鈴の股の間からは、赤黒い汚物が流れていた。おゑんが眉を顰《ひそ》める。

「悪露《おろ》が、こんなに」

お春にも覚えがあった。胎が流れた数日後に熱が出て、下着を汚すほどおりものが増えたのだ。出産や流産の後、一時的に熱が出たり、悪露が下りることは珍しくない。ゆっくり養生すればじきに治まると、おゑんから教えられたのだ。産めなかった赤子と一緒に死ぬのではないかと怖じけていた心が、それで軽くなった。

あぁ、あたしは、こんなにも生きたいのだ。

軽くなった心と、熱で重い頭で考えた。

こんなにも生きていたいのだ、と。

お鈴の場合もまだ目立つほど腹は大きくなっていなかった。腹の胎が小さければ小さいほど、母体への負担も少ないはずだ。それなのに、この苦しみようはなぜなのだ。それに、お鈴の悪露からは生臭い悪臭が漂っていた。異様な臭いだ。

春の終わりから冬にかけての数ヵ月、おゑんの傍らで暮らした。手助けと言えるほどの働きはできないが、少しずつ知識は増えている。病に対しても、処方に関しても、女の身体についても、だ。しかし、お春には、一旦恢復していたかに見えたお鈴の急変、そのわけの見当がつかない。むろん、治療の手立てなど僅かも思いつかない。ただ、おゑんの手元を少しでも明るく照らすこと、それだけを心がけ、手燭をかざした。

「ちきしょう」

おゑんが呻く。

「まだ、腹の中に胞衣《えな》が残ってたんだ。それを見落としていた。きれいに出たものとばかり思って油断してたんだ」

「胞衣が残っていると、命にかかわるんですか」

おゑんは答えず、もう一度、ちきしょうと呻いた。

「末音」

「はい」

「胞衣を掻き出す。湯は沸いているね」

「はい。道具は全て煮え湯につけています」

「よし、すぐに準備しておくれ。お春さん、燭台の数を増やして。それと、晒しの用意を。いつもより多めに」

「はい」

おゑんの声はきびきびとよく響き、力強かった。動け！　生きるために、生かすために動け。おゑんに呼応するように、お春の身の内からも声が湧き立つ。

死んではならない。死なせはしない。

お春は百目蠟燭を灯し、晒しを運び、お鈴の額の汗を拭《ふ》き取った。拭いても、拭いても、汗は噴き出してくる。そっと握った手は、驚くほど熱かった。身体の中に火種を抱え込んでいるようだ。

末音が白布に包んだ道具をおゑんの横に置いた。白布を開くと、奇妙な形の細長い道具がいくつか並んでいる。おゑんの祖父の形見だと、以前に聞いた。鋏《はさみ》のようなものも細長い棒のようなものもあった。どれにも、奇妙な文様が彫り込んであった。今なら、それらが祖父の故国、はるか外《と》つ国《くに》の文字だとわかる。

あのときは、「お祖父さまがお医者だったのですか」「ええ、そうですよ」と実にあっさりとした言葉を交わしただけだったが、その祖父の最期のありようを知った上で眺めると、なぜか動悸《どうき》がする。

おゑんの母は、この道具一式を懐に仕舞って闇の中を走ったのだろうか。それとも、祖父が末音に託したのだろうか。これをいつか、孫娘に渡してくれと。

お春はかぶりを振った。

まだ、おゑんの話に引き摺られている己を鞭打ちたいと思う。

今、考えるのは、目の前で苦しんでいる女のことだけだ。おゑんの眼差しも思いも、全てがお鈴に向いているではないか。

あたしは見習いだ。おゑんさんを見習わなければ。一歩でも近づかなければ。

おゑんが薬草と酒を混ぜた液に手を浸す。晒しで液を拭き取ると、右指に香油を塗り付けた。左手をお鈴の腹の上に置き、右手を股の間に入れる。

「お鈴さん、力めるかい。できる限り自力で出しちまうんだ。あたしの声、聞こえてるね」

「……おゑんさん、これは……」

お鈴が喘ぐ。

「怨み……でしょうか」

「何だって？」

「赤ん坊が……あたしのこと、怨んで……それで……あたしの命を取ろうとしてる……」

お春は身を竦めた。

口にこそしなかったが、同じことを考えたのだ。熱と痛みと銷魂《しょうこん》の中で、この苦しみは罰だろうかと考えたのだ。産んでくれなかった母を怨み、赤子の魂が己の仇《あだ》を果たそうとしているのではないのか、と。

「赤ん坊がかわいそうだね」

おゑんは言った。何の感情もこもらない、平坦な口調だった。

「たった一人のおっかさんに、そんな風に思われちゃ、赤ん坊がかわいそうだ」

「でも……でも……」

「お鈴さん、赤ん坊の眸をじっと見たことがありますか。怨みも憎しみも知らないきれいな眸ですよ。人ってのはね、怨むことも、憎むことも、生きていく間に覚えちまうんです。赤ん坊は何にも知らないんですよ」

「……あたしを怨んでない……と」

「当たり前ですよ。あんたが死んでしまったら、誰が赤ん坊を弔《とむら》うんです。墓も位牌もいりゃあしません。胸の中で手を合わせるだけでいい。それができるのは、あんただけでしょう。あんただけなんですよ、お鈴さん」

お鈴が深い息を吐き出す。固く閉じた瞼が僅かに震えていた。

肉を打つ音がした。おゑんが、お鈴の頰を打ったのだ。

「寝ちゃあだめだよ。気をしっかり、お持ち。あんたの戦《いくさ》はこれからなんだ」

おゑんの左手がゆっくりと動く。お鈴が歯を食いしばった。

「そうだよ、腹の中のものを押し出すんだ。赤ん坊が守ってくれる。守ってくれるよ」

お鈴の額の汗は、大粒となり幾筋も幾筋も、頰を伝って滴《したた》り落ちる。

「よし、いいよ。息を吐き出して、力を抜いて。ゆっくり、ゆっくり、息をしてごらん」

不意にお鈴の身体がよじれた。夜具の上に、嘔吐《おうと》する。お春はお鈴の頭を起こし、口の中を布で拭き取った。体力の弱った患者は吐瀉物《としゃぶつ》で息を詰まらせることがよくあった。

おゑんと末音が目を合わせ、ほとんど同時にうなずいた。末音が白磁の小瓶を取り出し、中身を布に染み込ませる。それをお鈴の鼻に当てた。お鈴の身体から、徐々に力が抜ける。その布を傍らに置き、末音は細長い器具の一つをおゑんに手渡した。先が匙《さじ》のように曲がっている。

末音がお鈴の足を押さえる。お春は熱い身体を両手で抱えた。心の臓の鼓動が腕に伝わってくる。

おゑんがゆっくりと屈《かが》み込んだ。

空には星が瞬いていた。まだ夜の明ける気配はない。夏ならとっくに白み始める刻なのだが。

凍てついた風の中に雪が混じっている。星空から降ってきた雪だ。

「寒いね」

おゑんが白い息を吐いた。

一度、開けた雨戸をぴしゃりと閉める。

「変な癖でしょ。寝る前に一度は空を確かめなくちゃ気が済まないんだからね。自分でも笑っちまいますよ」

お春はかぶりを振った。

星空が見えてよかったと思う。

「夜明け近くまで、お疲れでしたね。朝はゆっくり寝てていいですよ」

「おゑんさんは、どうされます」

「あたしは、お鈴さんについてます。何とか胞衣は出したけれど、身体が弱ってますからね。まだまだ、油断できません。あたしの手落ちで、お鈴さんを危うく彼岸にやるところだった。恥じ入ります。けど、同じ失敗は繰り返さない。朝まで、お鈴さんから目を離しゃしません」

それは、朝まで持ちこたえればお鈴は生き延びられる、という意味なのか。

「お鈴さん、助かりますよね」

おゑんはお春を見下ろし、微かに笑んだ。

「助けますよ。闇医者の名にかけてね」

笑んではいるけれど、眸は強く張り詰めている。おゑんの戦はまだ終わっていないのだ。

闇医者おゑんの許に、女たちは生きるためにやって来る。生きて、明日へと足を踏み出すために訪れるのだ。

お春もそうだった。

この家で生き直すことができた。

お鈴さんも、きっと……。

おゑんに、頭を下げる。

「では、二刻ばかり休ませていただきます。その後、おゑんさんと代わります」

「そうしてもらいましょうか。助かります。あっ、お春さん」

「はい」

「なかなかに見事な介添《かいぞえ》ぶりでしたよ。ええ、見事なものでした」

お春は長身のおゑんを見上げる。

「いつか、あたしも……」

唇が、舌が勝手に動く。

「いつか、あたしも闇医者と呼ばれる者になりたいと思っています」

闇医者と呼ばれ、人を生かす者となりたい。

おゑんは何も言わなかった。黙したまま、お春を見詰めていた。それから、静かに身体を回した。

風が鳴る。竹林が吼える。おゑんが遠ざかる。

真冬の闇の中で、お春はその背中に向け、もう一度深々と頭《こうべ》を垂れた。

〔了〕

解説

吉田伸子

あさのあつこさんといえば、彼女の代名詞のようにもなっている『バッテリー』を思い浮かべる方も多いだろう。野間児童文芸賞、日本児童文学者協会賞を受賞し、映画化のみならずドラマ化もされた大ベストセラーである「バッテリーシリーズ」は、今や国民的な野球小説の趣さえあるほどだ。

デビュー作『ほたる館物語』から、児童文学、ＹＡ《ヤングアダルト》を書き継いできたあさのさんは、二〇〇〇年代に入って以降、一般小説を書き始める。児童文学において、キャラクターの造形とストーリーテリングが高い評価を受けていたあさのさんが、一般小説を手がけるようになったのは、自然の流れだった。ちなみに、児童文学を出発点とする作家は意外に多く、佐藤多佳子《さとうたかこ》さんや森絵都《もりえと》さんも、そのルーツは児童文学である。

注目すべきは、あさのさんが書いている一般小説には、時代小説が多いということだ。「弥勒《みろく》シリーズ」「燦《さん》シリーズ」はもちろんなのだが、ここ最近のあさのさんは、好んで時代小説を執筆されているように思う。本書もまた、江戸を舞台にした時代小説で、ヒロインは、おゑんという「闇医者」である。

物語は、駒形《こまがた》屋の奉公人であるお春《はる》が、おゑんを訪ねるところから始まる。十五の冬に奉公に上がって以来、病に倒れた駒形屋の初代、聡兵衛《そうべえ》の介護に勤めてきたお春。気難しい聡兵衛から、折檻《せっかん》に近い仕打ちを受けても、じっと耐えてきたお春は、ふとしたことから、駒形屋の三代目となる聡介《そうすけ》と割りない仲になり、聡介の子を身籠ってしまう。

高望みはしない。ただただ自分と腹の子と、身二つ、細々と暮らしていけたら。そんなお春の望みは、敢えなく砕ける。子を宿したお春に、聡介が投げつけた言葉は、「冗談は止めてくれよ」だった。間もなく嫁取りをする自分の邪魔をするな、と。これからも駒形屋にいたいのなら、「腹が目立たないうちに堕《お》ろすんだ」と。

お春がおゑんを訪ねたのは、そんな事情からだった。そのお春の顚末《てんまつ》を描いた「春の夢」を口切に、「空蟬《うつせみ》の人」、「冬木立ち」の三話が本書には収録されているのだが、物語が進んでいくにつれ、おゑんという謎めいた闇医者の素性が少しずつ明かされていく。おゑんの仕事は堕胎医という特殊な仕事であるが、彼女はただ単に、赤子を流す処置をしているわけではない。堕ろすしか手立てはない、と思い詰めてやって来たお春に、おゑんは問う。「これからどうするか、どうしたらいいか、自分のお頭《つむ》で考えたのか」と。自分には選ぶ途《みち》など端からなかった、どうしようもない、と言うお春に、おゑんは返す。どうしようもない、というのは使い勝手のいい言葉だ、と。そう言って仕舞えば、あれこれ考えずに済む、と。

おゑんは、堕胎そのものの苦しさはもちろん、堕胎後の心の苦しさを説く。おゑんの話を聞くうちに、やがて自分の身に降りかかったこれまでのことを、お春は問わず語りに話し出す。幼い頃からも、そして、駒形屋に奉公に上がってからも、ずっとずっと虐《しいた》げられてきたお春は、そこで初めて、自分の言葉で話すのだ。話しているうちに、お春は自分の本当の想いに気づく。

そう、おゑんは、様々な理由を抱えてやって来る女たちにとっての、最後の砦のような役割を果たしているのだ。好き好んで堕胎をする女などいない。お春のように、それしか手立てはないと思い詰めて、或いは拠《よ》ん所《どころ》無い事情からどうしても産むことを許されないが故に、おゑんを訪《おとな》う者が殆どなのだ。だから、おゑんは女たちから話を聞く。話を聞きながら、本音を引き出す。本当はどうしたいのか。本当に望んでいることは何なのか。そうやって女たちの心に寄り添いつつ、堕胎だけが残された手立てではない、と新たな道を示して見せるのだ。

今よりも、堕胎技術がきちんと確立されていなかった時代である。出産さえも、今よりもずっとずっとリスクが高かった時代である。出産で命を落とす女たちだって、数え切れないほどいたのだ。そんな時代の堕胎は、文字通り、命がけのことだったはずだ。だからこそ、おゑんは、おゑんだけは、女たちの最後の砦であろうとしたのだろう。絶望とともに、おそらくは項垂《うなだ》れて自分の元へとやって来た女たちを、おゑんだけは、お腹の子の命とともに、尊重しようとしたのだ。

そんなおゑん自身の過去は、三話めの「冬木立ち」で明らかになる。嫁入り前に、別の男の子を宿したため、母親に連れられてやって来たお鈴《すず》。彼女は駕籠《かご》に揺られ、凍てつく道を歩かされたせいで、流産してしまう。処置が終わった後で、お鈴は言った。「本気で惚れた人でした」と。一緒に上方に逃げようと言ってくれた人だったのに、母親に気付かれ、見張りをつけられて、行けなかったのだ、と。

回復するまでお鈴を預かることにしたおゑんは、塞ぎ込んでいるお鈴に、問いかけられる。女は、耐えるしかないんですか、と。すすり泣くお鈴に、おゑんは、自分の胸の内をちゃんと喋るように促す。泣いてても誰にも何も伝わらないから、と。そして自分の気持ちを吐露したお鈴に、おゑんは言うのだ。「男に惚れたのも、男と情を交わしたのも、あんたただ。おっかさんじゃない。この先、生きていく途を決めるのもあんたなんですよ。それができないと、いつまで経《た》っても泣くことしかできない女になっちまう」

敢えて、強い言葉でお鈴を突き放したおゑんは、雨戸にぶつかる風の咆哮《ほうこう》を耳にする。この音とよく似た音を、いや、もっと険しく激しい音を聞いたことがある、とおゑんの心は束の間、過去を彷徨《さまよ》う。そんなおゑんに、一話めで登場し、その後、おゑんの家で仕事の下働きをするようになったお春が問いかける。「おゑんさん、どうしてここでこんな稼業をしているんだろう。ここに来る前は、どこにいたんだろうって、考えてしまって……」

そして、おゑんは自分の来し方を、お春に語り出す。読者には、二話目の「空蟬の人」で、おゑんが異国の人間の血を引いたものであることは明かされているのだが、具体的な内容は、ここで語られる。おゑんがお春に語った過去は、実際に本書を読まれたいのだが、とある事情から、おゑんは母親と二人で逃げ延びてきたのだ。そして、生まれ育った北の土地で、おゑんが見たのは、まさに地獄のようなものだったのだ、とだけ書いておきます。

おゑんはすべてをお春に語ったわけではない。母と二人で、そして母が亡くなってから、闇医者としてどう生きてきたのかは、まだ明かされていない。ただ、母がなくなる一月前、誰にともなく「わたしは赦せるだろうか。赦されるだろうか」と呟いたその言葉を受け、亡くなる寸前の母の耳元で、おゑんはささやく。「お母さま、あたしが全部、赦してあげる。何もかも全部赦してあげる」。この言葉こそが、闇仕事に手を染めるおゑんという、一人の女を読み解く鍵のように、私には思える。母を赦し、望まぬ子を宿した女たちを赦し、産んだ女たちも、産まなかった女たちも、おゑんは赦してきたのだと思うのだ。

この後に続く、おゑんとお春の会話が本当にいい。母の最期は穏やかだったと、おゑんが語った後の場面だ。誰もが赦したい、赦されたいと望みながら逝くのだ、と言うおゑんに、「もしかしたらおゑんさんなら、いいえ、あたしたちなら、何も背負わず逝けるかもしれませんよ」とお春は返す。おゑんは言葉を続ける。「むしろ、悔やみや未練をいっぱい背負って、赦してもらいたいことも、赦したいことも千も万も抱えて、あの世に発《た》たなきゃならないってことも、ありですよ、お春さん」

このおゑんに、お春が答える。「じゃあ、抱えましょうよ」。そう言って、にやりと微笑むのだ。この言葉で、お春はおゑんの元で生まれ変わったのだ、ということが分かる。自分で考え、自分の意見をちゃんと言えるようになったのだ、と。

「あぁいいさ。何でも背負ってやる。生きて生きて生き抜いて、その上で背負う荷なら仕方ない。背負い足らなきゃ抱えて、あの世まで歩いてやる。

そう簡単に赦せるものか。

そうも容易く、赦されるものか」

〝女意気〟に溢れたこの言葉は、何度読んでも、胸がすく。身体の芯に、一本すうっと太いものが通る。背筋が伸びる。

読み終えて、もっともっとおゑんを知りたいと思う。お春がさらに逞《たくま》しくなっていく様を追いたいと思う。それは私だけではないだろう。そんな読者に、嬉しい情報を。本書の続編が、単行本で出るとのこと。刊行は、二〇一六年、一月。今すこし、お待ちください。

（よしだ・のぶこ　書評家）

『闇医者おゑん秘録帖』二〇一三年二月　中央公論新社刊